Karine Yoakim-Pasquier

À la poursuite du dragon

oskar
éditeur

Chapitre 1

Du karaté jusque dans la cuisine

Ce soir-là, Eli avait travaillé sans relâche. C'était vendredi et Tokyo s'agitait. Tous les Japonais étaient contents que le week-end commence et se pressaient dans les ruelles, près des restaurants, pour se détendre un peu.

Dans l'arrière-salle de l'izakaya* où il officiait comme cuisinier, Eli s'était assis quelques minutes. Le jeune garçon était penché en avant, les paumes l'une contre l'autre, serré dans son uniforme blanc taché aux cuisses de sauce soja. Il avait déjà préparé plus d'une centaine de plats : des edamames* en apéritif, des kushikatsu*, des karaage*, mais aussi des dizaines de sashimis* et de sushis*, qu'il avait découpés avec efficacité et précision. Il passa ses mains sur son pantalon, un peu fatigué.

« Courage, Eli ! Encore quelques heures, puis tu pourras rentrer et t'entraîner », se dit-il à lui-même pour se motiver.

— Tu parles tout seul, Eli ?

L'homme qui venait de faire son apparition s'appelait Yoshi. C'était un Japonais au visage aussi fripé qu'un combava*. Il était mince, avec les cheveux noirs, raides, parsemés de mèches blanches, et avait sur les mollets d'immenses tatouages de dragons, de guerriers, de geishas* et de fleurs de cerisier. Chaque fois que le vieux bonhomme bougeait, c'était comme si ses tatouages prenaient vie, ondulant sur sa peau bronzée. Malgré ses airs de brigand, Yoshi était extrêmement gentil et il adorait son petit employé. Yoshi était le propriétaire du restaurant. Il en avait hérité très jeune, lorsque son père était tombé malade. Il s'en occupait depuis des années, avec Kinoko, son épouse, jusqu'au jour où il avait commencé à avoir des douleurs à la jambe. C'est à ce moment-là qu'il avait engagé Eli. Le garçon était petit, très précis et rapide. C'était une aide précieuse en cuisine, et il avait un don pour les assaisonnements. Il assistait avec patience Kinoko, qui lui avait appris de nombreuses recettes, et, depuis quelques mois, il faisait la sauce au piment et au wasabi* mieux qu'elle. Tous les amateurs de sauce piquante de la ville se bousculaient pour venir la goûter. Yoshi était content. Son jeune chef avait rapidement fait la renommée de son établissement.

— Je vais reprendre le travail, ne t'inquiète pas, dit Eli. Je faisais juste une petite pause.

— Pas de problème, mon garçon, dit Yoshi en lui tapant sur l'épaule. Les clients sont de toute manière en train de terminer leurs plats. Il ne me faut plus que quelques teppanyakis*, un bol d'udon* et trois assiettes de makis*. Ça va aller ?

Eli se redressa en acquiesçant. De sa cachette, il pencha la tête pour voir la salle. Les clients étaient assis autour de petites tables en bois et riaient tout en mangeant, en buvant et en commandant des plats au fur et à mesure. Dans un coin, des businessmen en costumes semblaient s'amuser comme des fous. Il y avait, de l'autre côté, une famille qui dévorait avec appétit une grande assiette de tempuras* aux crevettes, et, juste en face, deux étudiantes, portant encore leur uniforme bleu et blanc, qui picoraient des edamames en se montrant des photos.

Eli passa de nouveau son tablier et retourna en cuisine pour continuer à préparer la nourriture. Il sortit son katana* de sa poche et, d'un geste précis, coupa le poisson en fines lamelles... Une bonne odeur se répandit dans tout le restaurant.

Quelques heures plus tard, Eli, Yoshi et Kinoko, après avoir fermé boutique, traversèrent deux rues avant de rejoindre une petite maison japonaise traditionnelle, tout en bois, cachée par de grands arbres, dans un quartier de Tokyo qui s'appelait Fukagawa.

Eli était orphelin. Il n'avait pas connu ses parents et ne savait rien d'eux. Quand il avait eu dix ans, le garçon s'était enfui de l'orphelinat dans lequel il avait grandi. Il avait envie d'aventures, et rien ne le retenait entre les murs gris de ce bâtiment austère. Il avait occupé plusieurs emplois avant de trouver ce poste de cuisinier dans le restaurant de Yoshi. Kinoko et lui l'avaient pris sous leur aile. Eli disposait désormais d'une petite chambre dans la résidence de ses patrons, et ceux-ci le choyaient comme s'il s'agissait de leur propre fils.

La maison qu'ils habitaient se situait à quelques mètres du temple Fukagawa* Enma. Les dimanches, Eli aimait bien aller s'y promener. Il s'en dégageait une telle sérénité. Le sanctuaire était dédié au dieu Enma, dont une immense statue, rouge et effrayante, se trouvait à l'intérieur. À quelques mètres de là s'étendait le parc de Kiba, un gigantesque jardin de plus de vingt-quatre hectares, traversé par une rivière et loti en de nombreux terrains, où Eli pouvait faire du sport.

En poussant la porte de sa petite chambre, il soupira. Il était vraiment fatigué, mais avant de dormir, il fallait qu'il s'entraîne. Après s'être douché et avoir lavé ses cheveux, il mit son kimono, le noua sur l'avant, puis commença par un rapide exercice de pliométrie*, à même le tatami*. Il bondit d'abord sur une seule jambe, avant de sauter très, très rapidement à pieds joints. Il fit ensuite quelques exercices de tsugi ashi*, avant d'enchaîner avec ceux de gyaku zuki*. Enfin, il s'effondra d'un seul coup sur son petit futon*, prêt à dormir. Il jeta un œil circulaire à sa chambrette, dont les murs étaient recouverts de posters de Scott* Adkins, Bruce Lee et Robert Wall, tous trois en kimono, ainsi que d'affiches de films de kung-fu.

— Un jour, je serai un grand maître des arts martiaux ! se dit-il en s'enfonçant dans un profond sommeil.

Chapitre 2

Un client pas comme les autres

Ce soir-là, Yoshi était très agité. Il tournait comme une toupie dans le restaurant. Il avait déjà renversé deux fois la boîte contenant les baguettes et même cassé un verre. Kinoko, agacée par les allées et venues de son mari, s'approcha de lui pour savoir ce qui n'allait pas.

— Qu'est-ce qu'il y a, Yoshi ? Tu cours dans tous les sens. Tu as des soucis ?

—Kinoko ! Si tu savais qui se trouve dans la salle... lui répondit son époux en agitant les bras.

Eli se concentra sur ce qui se passait autour de lui. Si son patron était aussi nerveux, c'est qu'il devait y avoir une bonne raison.

— Qui est-ce donc ? demanda Kinoko.

— Le grand maître Fu Li en personne !

À ces mots, les oreilles d'Eli se dressèrent. Le grand maître Fu Li était dans leur restaurant. Cet homme était un ponte dans le monde des arts martiaux. Le directeur du meilleur dojo* de tout le pays. On disait que tous ses élèves devenaient si expérimentés qu'ils étaient capables de sauter jusqu'aux plus hautes cimes des arbres et de terrasser n'importe quel ennemi.

Son dojo, situé dans les montagnes, était un lieu très secret. Personne n'en connaissait l'emplacement. Savoir que le grand maître Fu Li était là, tout près de lui, le mit dans tous ses états. La cuisine était séparée d'un petit vestibule où étaient posés les plats avant d'être servis. Il s'y faufila et écarta délicatement le rideau de perles en bois pour en avoir le cœur net. À la vue du vieil homme, juste à côté du bar, Eli sursauta. Il redressa les épaules et l'observa minutieusement. Le grand maître Fu Li était assis en face d'un jeune garçon. Ils discutaient avec passion, sans prêter attention à l'agitation ambiante. Soudain, le grand maître leva le doigt. Yoshi s'approcha pour prendre leur commande. Ce serait bientôt à Eli de jouer. Il sauta sur ses pieds et retourna rapidement derrière son plan de travail, prêt à faire les meilleurs plats de toute sa vie.

— Eli, dit Yoshi en entrant en trombe dans la cuisine, le grand maître et son invité ont commandé des makis au saumon et au concombre, des sashimis de thon, des kushikatsu de lotus, des tempuras de crevettes, mais aussi tes fameux yakitoris à la sauce pimentée.

— Oui, chef ! répondit le jeune garçon.

Avec des gestes adroits, Eli sortit son couteau Masahiro* en acier. Il lança le poisson en l'air, fit un saut périlleux arrière et, avant même que ses pieds ne touchent le sol, il avait découpé tout le saumon en fines tranches. Il façonna des boulettes de riz, plaça à l'intérieur quelques lamelles de concombres et enroula le tout dans une feuille de nori*. Il fit ensuite frire son poulet pour les yakitoris, puis confectionna la sauce. Il écrasa le piment et l'ail, rajouta du gingembre frais et fit frémir les ingrédients dans son grand wok. Il mit la sauce dans un petit bol et servit sa préparation sur une jolie assiette. Le plat en bambou avec les makis, les yakitoris, les tempuras et la boisson fut apporté à maître Fu Li. Celui-ci prit une brochette avec les doigts, la trempa dans la sauce piquante et la porta à sa bouche.

— Mmmmmmmh, fit-il très bruyamment. C'est incroyable, cette sauce au piment me rappelle mon enfance à Okinawa. Il n'y avait que ma maman pour faire à manger comme ceci. Je veux absolument rencontrer votre chef !

Maître Fu Li se leva d'un seul coup et s'approcha des cuisines. Il tira le rideau qui séparait la salle de l'arrière-boutique et s'arrêta, bouche bée. Dans la cuisine, ce n'était pas le chef expérimenté, dégarni, au ventre bedonnant qu'il imaginait, mais un jeune garçon de douze ou treize ans, tenant un large couteau et découpant du poisson qu'il faisait voler dans les airs. Sous ses yeux, le petit cuisinier fit un saut périlleux pour attraper un wok accroché au mur et, avant même de retomber sur ses deux pieds, il avait saisi une racine de lotus et l'avait découpée avec son katana. Il en fit ensuite frire les morceaux.

Jamais maître Fu Li n'avait vu un tel spectacle.

« Ce garçon est doué, très doué », se dit-il en caressant sa barbichette.

Il s'approcha de lui et posa une main sur son épaule. Eli le regarda droit dans les yeux. Le grand maître Fu Li était impressionnant. Il était âgé, avait une barbe blanche et des yeux inquisiteurs. Drapé dans un vieux kimono, il fixait le garçon d'un air très sérieux.

— Bonjour jeune homme, comment t'appelles-tu ?

— Je m'appelle Eli.

— Eli, en t'observant sauter dans ta cuisine, je peux voir que tu as un don. As-tu déjà fait du karaté ou d'autres arts martiaux ?

— Oui, maître, c'est ma passion, s'écria Eli en serrant ses paumes l'une contre l'autre.

— C'est ce que je pensais.

Kinoko regardait la scène, stupéfaite. Le grand maître Fu Li se tourna vers elle.

— Madame, êtes-vous la propriétaire de cet établissement ?

— Mon mari et moi, monsieur, dit-elle en baissant la tête vers le sol.

En voyant que maître Fu Li ne revenait pas en salle, Yoshi arriva en trottinant.

— Puis-je vous être utile ?

— Ce garçon ici présent est vraiment très doué. J'aimerais le prendre comme disciple dans mon école. Jeune homme, dit le grand maître Fu Li en se penchant vers Eli, voudrais-tu rejoindre mon dojo ?

— Oh, j'en rêve, dit Eli, les yeux pétillants.

Ce soir-là, après le service, maître Fu Li accompagna Yoshi, Kinoko et Eli jusqu'à la maison en bois. Tandis qu'Eli se retirait dans sa chambre, maître Fu Li parla longuement avec Yoshi et

Kinoko, autour d'un verre de saké* chaud et de quelques noris croustillantes. Yoshi était réticent à laisser partir son meilleur cuisinier... mais également ce jeune homme qu'il aimait désormais comme un fils. Cependant, il savait bien que le garçon ne pouvait pas passer à côté d'une telle chance.

À la fin de la soirée, c'était décidé, Eli suivrait le grand maître Fu Li dans les montagnes pour devenir un combattant aguerri. Eli, qui regardait la scène, la porte entrouverte, ne sut s'il devait se réjouir ou être triste.

— Mon garçon, dit maître Fu Li, quand ils eurent fini de délibérer, demain matin, je viendrai te chercher à 8 heures tapantes. Tu m'accompagneras dans mon dojo. La route est longue. Prépare donc ton sac et dors profondément. Une nouvelle vie t'attend !

Maître Fu Li s'en alla. Kinoko serra Eli contre son cœur.

— Tu vas nous manquer, Eli... et sache que notre maison te restera toujours ouverte.

Après avoir dit bonne nuit à Yoshi et Kinoko, qui avaient la larme à l'œil, le jeune garçon retourna dans sa petite chambre. Il enroula son tatami, fourra ses deux kimonos dans son sac, décrocha ses posters qu'il glissa à l'avant de celui-ci. Il termina d'emballer ses quelques effets, puis il s'allongea sur sa couchette. Il était si excité qu'il eut du mal à s'endormir.

Chapitre 3
Sur le chemin du dojo

Eli se réveilla de bonne heure. Il s'étira tel un chat paresseux puis, d'un bond, se leva. Il était excité comme une puce. Il se frotta les yeux. Avait-il rêvé ? Allait-il réellement intégrer une grande école en arts martiaux ? Puis, il regarda sa petite chambre. Son sac était fait, posé contre le mur. C'était donc vrai ! Un immense sourire traversa son visage, quand soudain, il entendit frapper trois coups à la porte.

— Eli, es-tu réveillé ?

C'était la voix de Kinoko. Eli accourut dans le salon. La femme lui avait préparé un copieux petit déjeuner, qu'il engloutit en quelques secondes. Au moment où il se brossait les dents, quelqu'un toqua. Eli se rinça rapidement la bouche avant de se précipiter pour aller ouvrir. Il se retrouva alors nez à nez avec maître Fu Li et sa longue barbe blanche. Eli jeta un œil à l'extérieur. Les rayons du soleil éclairaient la ruelle. Des oiseaux chantaient. Il était si heureux. Il aurait pu faire mille et une pirouettes sans même y réfléchir.

— On va devoir y aller, Eli. On a de la route pour arriver au dojo. Et il nous faudra emprunter quelques chemins de traverse pour semer les curieux.

— Comment va-t-on s'y rendre ? osa demander le garçon.

Tout à coup, il avait perdu de sa verve, comme s'il devenait timide.

— Nous nous y rendrons à cheval.

— À cheval ? Je n'en ai jamais fait.

— Eh bien, tu apprendras. Un jour sans rien apprendre est un jour gaspillé, mon jeune élève.

Il tourna la tête vers le coin de la maison et aperçut un garçon qui tenait les brides de trois montures. L'une d'elles avait une robe brune aux reflets roux, la deuxième était blanche, et l'étalon destiné à Eli avait une robe caramel et une crinière blonde comme les blés. Maître Fu Li bondit avec prestance sur le dos de son cheval.

Eli tenta de l'imiter. Il fit un saut périlleux, mais prit trop d'élan. Son corps se propulsa dans les airs. Il passa quelques mètres au-dessus de l'animal qui poussa un hennissement de mécontentement. En redescendant vers le sol, il se prit les pieds dans les rênes. Déséquilibré, Eli fit une roulade avant de se remettre debout.

— On n'a pas toute la matinée, gronda maître Fu Li.

— Attrape sa crinière, ça va t'aider, souffla l'autre garçon.

Eli suivit son conseil. Il empoigna les crins dorés, puis banda ses muscles. Hop ! En une seconde, il fut sur le cheval, les mains fermement accrochées à son cou. Ils se mirent en route. Dans la rue, les passants ouvraient des yeux ronds en voyant ce convoi surprenant. Ce n'était pas courant de croiser des cavaliers en plein Tokyo. Ils traversèrent le quartier d'Akihabara*, avec ses boutiques de jeux vidéo, puis tournèrent à Asakusa*, où se trouvait un immense sanctuaire. Des femmes en kimono pouffèrent en les regardant, la main devant la bouche. Ils parcoururent la ville pendant des heures, avant de pouvoir en sortir, longeant des magasins de vêtements, des librairies, des restaurants, des cinémas...

Au bout d'un moment, le jeune homme qui voyageait avec eux adressa la parole à Eli :

— Au fait, moi, c'est Takashi. Et toi, c'est bien Eli ?

— Oui, c'est bien ça. Tu es aussi élève au dojo ?

— Oui. J'ai été sélectionné après une longue procédure. Il faut en général pratiquer les arts martiaux depuis plusieurs années pour être choisi. C'est mon professeur à Tokyo qui a envoyé ma candidature. Maître Fu Li est venu me voir pour évaluer mon niveau. Et puis on t'a rencontré. Tu as de la chance qu'on se soit arrêté dans ton restaurant.

— Oui, je sais. Je ne réalise pas encore.

Les deux garçons discutèrent longtemps. Takashi était très sympathique. Il aimait faire des blagues et il en connaissait un rayon sur les techniques de combat. Il en parlait comme s'il les avait déjà toutes testées. Il était impressionné par Eli, sa modestie et le fait qu'il ne se rende pas compte des circonstances de son recrutement au sein du dojo. Le courant passa et un sentiment d'amitié se noua rapidement entre eux. Au bout d'un moment, Takashi sortit de son sac en cuir deux boulettes de riz farcies à la chair de crabe et en tendit une à Eli.

— Tiens, tu dois avoir faim !

Le garçon croqua dedans de bon cœur.

Après avoir traversé des paysages de campagne, des rizières et de petits villages bucoliques, ils abordèrent enfin une région plus sauvage. Ils allaient monter lentement vers la montagne, sur laquelle une immense forêt se dessinait. Les chevaux se mirent à galoper, reconnaissant le chemin.

— Vous allez bientôt apercevoir le dojo, leur dit maître Fu Li en se tournant vers eux.

Alors qu'ils pénétraient dans les bois, ils furent stoppés par une bande de malfrats qui leur barrèrent la route. Ils avaient de longues moustaches, des habits rapiécés et l'air totalement sauvage.

— La bourse ou la vie !

Quand les voleurs avaient commencé à hurler, Eli sursauta. Neuf individus les encerclaient. Mais maître Fu Li gardait son flegme. Takashi, de son côté, serrait les dents, la main crispée sur les rênes. Eli souffla à son nouvel ami de ne pas s'en faire.

— Maître Fu Li a l'air de gérer la situation.

Au même moment, une détonation se fit entendre. Un immense filet, ressemblant à ceux qu'on utilisait pour la pêche, s'abattit sur le grand maître qui essaya de bondir, mais sans réussir à s'en extirper. Le cheval, dont les pattes se prirent dans les mailles, tomba lourdement sur le sol en poussant un hennissement désespéré.

Takashi ouvrit la bouche de surprise. Le stress l'empêchait de réfléchir et il ne savait que faire.

— Eli, tu as une idée ? cria-t-il.

— Fais-moi confiance, lui répondit Eli.

Le garçon se mit debout sur sa monture. Les bandits pointèrent leurs sabres sur lui, mais Eli sauta rapidement sur un arbre qui se trouvait à proximité. C'était un noyer du Japon, si chargé de fruits que ses branches ployaient vers le sol. Sans hésiter, Eli les secoua avec vigueur. Les noix tombaient, tombaient, tombaient... assommant les voleurs, qui furent enfouis en un rien de temps sous les petites boules brunes poreuses. Rapide comme l'éclair, Takashi tira un couteau de sa besace, délivra maître Fu Li et jeta le reste du filet sur les vauriens. Le grand maître était sonné. Il se releva avec difficultés, pendant qu'Eli sautait à terre. Les trois compères ficelèrent leurs agresseurs et leur nouèrent les poignets, avant de continuer leur route.

Maître Fu Li ne disait rien. Était-il blessé dans son orgueil ? Tout à coup, il se racla la gorge.

— Eli, je suis impressionné. Non seulement

tu es agile – tu as bondi avec une grande vitesse sur cet arbre – mais en plus, tu es intelligent. Jamais je n'aurais imaginé utiliser le noyer pour nous sortir de cette mauvaise passe. Je suis fier de toi. Et Takashi, bravo pour ta réactivité ! Grâce à toi, nous avons pu ligoter ces vauriens et les mettre hors d'état de nuire.

Les trois cavaliers continuèrent leur chemin en silence. Eli et Takashi digéraient leur victoire. Maître Fu Li réfléchissait au parcours de ces deux élèves. Ils étaient en effet hors du commun. Soudain, les deux garçons poussèrent un cri. Le sommet de la montagne redescendait vers un cratère. Là, au fond de celui-ci, une pelouse s'étirait, avec, d'un côté, un lac bleu étincelant, de l'autre, un bosquet et le dojo tout en bois, qui se tenait sur une petite butte. Les chevaux commencèrent à trotter en direction de la bâtisse. Eli était secoué comme un prunier.

— Hahaaaaaaaaaa, hurla-t-il, peu habitué à la vitesse.

D'un coup, il lâcha la bride et se retrouva projeté dans les airs. Il roula sur le sol dans un tourbillon de poussière. Plusieurs enfants, qui s'entraînaient dans la cour, se mirent à glousser. La porte principale du dojo s'ouvrit, tandis que maître Fu Li et Takashi s'arrêtaient à côté d'Eli.

Une petite femme au crâne rasé et à la robe orange apparut dans l'encadrement. Elle avait un regard rieur, même si son visage semblait totalement immobile.

— Maître Tanaka, je vous présente nos deux nouvelles recrues, annonça maître Fu Li.

— Deux ? Je croyais qu'il n'y en avait qu'un seul à ramener cette fois-ci, dit-elle, en faisant à peine bouger sa bouche.

Maître Fu Li répondit, tout en faisant un clin d'œil aux garçons :

— Oui, je sais. Voici Takashi, l'élève qui m'a été recommandé par maître Sato, commença maître Fu Li en le pointant du doigt.

Puis, il se tourna vers Eli, qui gisait encore sur le sol.

— Quant au jeune homme qui est à terre, c'est un cuisinier que j'ai surpris en train de faire des sauts périlleux tout en coupant des sushis. Je n'ai jamais vu quelqu'un d'aussi rapide et précis de ma vie.

— Eh bien, si tu le dis, je te crois. Vous devez être affamés, les garçons. Venez donc, dit-elle en leur faisant un signe de la main.

Ils pénétrèrent dans le dojo. Le hall était si grand que l'izakaya où travaillait Eli aurait pu y tenir tout entier. Ils firent quelques pas à l'intérieur. La pièce était presque vide. Seuls des tatamis au centre délimitaient l'espace. Sur les côtés, des esquisses et des vases étaient posés contre les murs.

Guidés par maître Tanaka, ils traversèrent deux longs couloirs, qui sentaient la paille humide, et entrèrent dans une petite salle réservée aux élèves et qui s'ouvrait sur un jardin* zen. Eli regarda tout autour de lui. Des dizaines d'enfants lisaient, faisaient des postures de yoga, méditaient ou lançaient des objets au-dessus de leur tête. Takashi et lui, soudain timides, se serrèrent l'un contre l'autre.

— Bienvenue au dojo, mes jeunes amis, dit maître Tanaka. Un repas vous sera bientôt servi, mais en attendant, il faut que vous posiez vos affaires dans le dortoir. Je vous conseille de profiter du temps qu'il vous reste pour vous rafraîchir, car vous êtes tout crasseux.

— Et les cours, maître Tanaka ? demanda Takashi tout excité. Quand commenceront-ils ?

— Dès demain, mon jeune ami. Sachez que le dojo forme depuis la nuit des temps les plus grands guerriers japonais. Ce sont eux qui, lors de leurs voyages, diffusent la philosophie zen partout où ils se rendent. Vous devrez faire honneur à cet héritage, qui vous sera transmis.

Eli se sentait tout drôle. Ce dojo était vraiment magnifique. Il avait encore du mal à se rendre compte de ce qu'il lui arrivait.

Chapitre 4

Dojo, classes et figures

Le lendemain matin, au réveil, Eli mit quelques secondes avant de se rappeler où il se trouvait. Un gong résonnait au loin. Le son enflait, retentissant dans tout le dojo. À côté de lui, Takashi ronflait, couché sur un tatami. Le dortoir était vide. Ils sautèrent dans leurs vêtements avant de se précipiter, échevelés, vers la salle du petit déjeuner. Des dizaines d'élèves étaient assis, et, le long des tables, des adultes en kimono blanc allaient et venaient. Quand ils firent coulisser le panneau qui séparait le couloir du réfectoire, toutes les têtes se tournèrent vers eux. Eli se mit immédiatement à rougir. Maître Tanaka tapa deux fois dans ses mains.

— Chers apprenants, voici Eli et Takashi, nos

deux nouvelles recrues. Merci de leur faire bon accueil. Eli et Takashi, vous serez dans le groupe des ceintures blanches.

Takashi faillit s'étouffer. Les ceintures blanches, c'étaient les débutants ! En voyant son visage, maître Tanaka précisa :

— Eh oui, ici on recommence à zéro. Mais ne vous fiez pas aux apparences, cher Takashi... les ceintures blanches du dojo ont le niveau des ceintures noires les plus avisées. On appelle ça le double niveau.

Eli leva les yeux. Le réfectoire était spacieux... de belles poutres en bois ornaient le plafond, et des tables basses étaient posées le long des fenêtres. Devant elles, les élèves mangeaient assis en tailleur.

Guidés par maître Tanaka, ils traversèrent la salle et s'approchèrent de l'espace réservé aux ceintures blanches. En avançant, Eli entendait la rumeur des conversations monter jusqu'à ses oreilles.

Il jeta un œil aux autres étudiants. Trois garçons aux cheveux courts avalaient un bol de soupe* miso en faisant beaucoup de bruit. Au bout de la table, deux filles riaient doucement en se passant un petit récipient plein de gingembre. Un peu nerveux, Eli glissa ses mains dans ses poches.

— Les cours commenceront après le petit déjeuner. En attendant, bon appétit, et profitez-en pour vous renseigner auprès de vos camarades pour savoir comment cela fonctionne, dit maître Tanaka.

Elle quitta la salle. Takashi s'assit le premier devant un plateau sur lequel se trouvait un bol de soupe, du riz recouvert de tempura de légumes et un thé vert fumant. Eli tourna la tête. À sa gauche, des élèves plus âgés mangeaient en silence. Ils portaient tous une ceinture noire.

— Takashi... dit Eli en tapant son ami du coude.

La fille en bout de table suivit leur regard.

— Ce sont les ceintures noires, dit-elle. Les meilleurs. Ne vous avisez pas à leur faire face, même pour rire. Ce sont des élèves absolument imbattables.

Le repas se passa tranquillement. En face d'eux, les trois garçons, respectivement nommés Yuki, Ari et Daisuke, ainsi que les deux filles, Akemi et Haruna, leur expliquèrent le principe des cours, les horaires, ce qu'il fallait faire et ne pas faire. Ils étaient gentils et étaient arrivés, selon le calendrier officiel, le jour d'O-tsukimi* (お月見), la fête de la mi-automne.

— La cérémonie de bienvenue était géniale, dit Haruna, enthousiaste.

— Oh oui, continua Daisuke. Ils avaient organisé un banquet dans le jardin. On est restés super tard à pique-niquer dehors... faire de la musique. On a même pu goûter à un petit verre de saké, dit-il les yeux brillants.

Eli fut un peu nostalgique. Il avait manqué cela et le regrettait presque. Mais c'était normal, et il se rattraperait l'an prochain.

— Mais au fait... pourquoi vous n'avez pas commencé comme tout le monde, en septembre ? demanda Yuki.

— Oui, c'est vrai, ça... continuèrent les autres.

Takashi baissa les yeux.

— Je n'ai pas pu participer aux épreuves de sélection en été, parce que ma grand-maman s'en est allée.

Takashi avait été élevé par sa grand-mère, qu'il adorait. Il était très proche d'elle.

Une petite larme glissa sur sa joue.

— Oh, on est désolés... dit Ari en tendant la main vers lui.

— Et toi, Eli ? demanda Haruna.

— Moi... rien. Je sautais dans la cuisine où je travaillais quand maître Fu Li m'a vu.

— Tu n'as pas passé d'épreuves de sélection ? s'exclamèrent-ils tous d'une même voix.

— Non.

— Mais... tu n'étais pas dans un centre d'entraînement, en ville ? insista Daisuke.

— Non. Je me suis toujours entraîné tout seul, pour m'amuser.

— C'est super rare, compléta-t-il. La dernière fois que c'est arrivé, c'était pour Min-Ho... l'élève avec la chevelure ébouriffée que tu vois à la table des bleus. Le maître l'a découvert lors d'un voyage en Corée. En général, ils ne font ça qu'avec des talents hors du commun.

Eli tourna la tête vers celui dont lui avait parlé Daisuke. Il avait des yeux ourlés de longs cils et des cheveux teints en bleu. Il devait avoir quatorze, quinze ans. C'était un grand. Il le fixa quelques instants. L'élève en question n'avait pas l'air d'un talent extraordinaire. Il ressemblait davantage à une star de la K-Pop*, avec son visage d'ange et sa coupe atypique.

Pourtant, malgré les apparences, Min-Ho était effectivement l'un des bons élèves de l'école. Tous les membres de sa famille étaient de grands guerriers, pratiquant depuis des générations le min-hokkyon*, un art martial coréen très harmonieux. Min-Ho avait étudié ces mouvements depuis son plus jeune âge, mais cela ne lui suffisait plus, et il était venu au Japon pour se diversifier.

— Min-Ho est un combattant très impressionnant... Les seuls moments où il n'est plus capable de rien, c'est quand il regarde Néa, la fille de maître Fu Li, pouffa Daisuke. Il est fou amoureux d'elle.

Ils rirent tous en fixant le jeune homme qui mangeait sans se rendre compte que l'on parlait de lui.

— Qui est Néa ? osa demander Eli.

— On va te la montrer.

Le groupe se leva. Eli et Takashi suivirent leurs camarades hors de la cantine pour s'aventurer vers les salles de classe.

Au détour d'un couloir, quatre élèves s'entraînaient dehors. Eli s'arrêta quelques instants pour les observer. Takashi, accompagné de Yuki, Ari, Daisuke, Akemi et Haruna s'approchèrent. Le spectacle était envoûtant. Les jeunes gens étaient si rapides qu'on avait l'impression qu'ils volaient. Au milieu du groupe, une fille se démarquait. Elle était extrêmement gracieuse et chaque prise, même la plus violente qui soit, était faite avec une telle douceur que ses adversaires ne semblaient rien voir venir. À la taille, elle portait une ceinture un peu plus large que les autres et d'un noir un peu plus profond.

— Qui est-ce ? demanda Eli...

— C'est Néa... celle dont on te parlait tout à l'heure, leur dit Haruna avec de l'admiration dans la voix. Elle s'entraîne depuis qu'elle est toute petite. C'est la meilleure élève du dojo.

— Ça a l'air, fit Takashi.

— Elle va bientôt passer le test ultime... dit Daisuke, les yeux mi-clos.

— Le test ultime, demanda Eli ?

— Oui... chaque année, avant les grandes vacances, on passe le test des ceintures. C'est là où les maîtres décident des élèves qui peuvent monter d'un niveau ou non.

— Mais il n'y a pas de niveaux supérieurs à la ceinture qu'elle porte... continua Ari. C'est donc le test ultime.

— J'ai hâte de pouvoir voir ceci, dit Yuki en frappant ses paumes l'une contre l'autre. Ça va être l'affrontement du siècle.

Tous hochèrent la tête.

— Bon, fit Akemi en regardant sa montre. Il est l'heure. On va être en retard ! Maître Tanaka déteste les retardataires...

Un gong résonna dans tout le bâtiment. Les cours allaient reprendre. Eli, Takashi et leurs nouveaux camarades traversèrent les couloirs. Il y avait vingt-deux salles pour s'entraîner dans le dojo. L'endroit était grand, et Eli et Takashi se sentaient perdus.

Le long des portes coulissantes se tenaient trois garçons avec une ceinture orange qui discutaient en chuchotant :

— Là, regarde.

— Où ?

— À côté de la fille avec des lunettes...

— Oui... Il paraît qu'il n'a passé aucune épreuve de sélection.

— Vraiment ?

— Je te jure. On m'a dit qu'il ne s'est même jamais entraîné de sa vie !

Tout autour d'eux, leurs camarades murmuraient sur leur passage, se tortillant pour mieux les apercevoir. C'étaient eux qui avaient sauvé maître Fu Li de l'attaque de brigands, se disaient-ils.

Mais ni Takashi ni Eli n'y prêtaient attention. Ils étaient trop concentrés et excités. Les cours allaient bientôt commencer, et il y avait tant à apprendre !

chapitre 5

L'épreuve des ceintures

La première journée passa très rapidement. Tout comme la deuxième. Finalement, c'est toute une semaine... et ensuite un mois... puis tout un semestre... qui s'était écoulé sans qu'ils s'en rendent compte. Ils s'étaient fait de nombreux amis. Les cours s'enchaînaient : leçon d'arts martiaux traditionnels japonais, maniement du sabre, aïki-jujitsu*, art du bushido*, yoga et postures, méditation, karaté classique et autres techniques de combat... Entre deux classes, les élèves pouvaient aller dans le jardin se balader au milieu des bambous. Aux heures des repas, on leur servait de bonnes rations de riz, de pousses de lotus ou encore de tofu* qu'ils mangeaient assis en tailleur dans le réfectoire.

Chaque mercredi soir, maître Fu Li les emmenait à l'extérieur pour les habituer à l'obscurité de la nuit. Là, ils observaient le ciel, regardaient les étoiles et apprenaient à se repérer sans boussole. Et, deux fois par semaine, ils devaient apprendre à respirer. Au début, Eli en riait. Bien sûr qu'il savait respirer. Puis il se rendit compte que c'était un petit peu plus compliqué que cela.

Le cours le plus barbant était celui traitant du bushido, une sorte de code d'honneur des samouraïs*. Eli s'ennuyait ferme. Il voulait de l'action, mais il devait rester assis et il luttait souvent contre l'envie de faire une petite sieste. Le professeur lui-même n'était pas très stimulant. C'était un vieil homme, complètement chauve, qui listait les valeurs à suivre sans jamais faire de pause.

Le cours que tout le monde préférait en revanche était celui de sauts et figures. Pour cela, les élèves se retrouvaient dans la cour. Pendant toute la séance, l'enseignante, maître Ishihara, une petite femme énergique, au grand sourire et au large front, leur apprenait à se mouvoir tout en douceur, avec calme et efficacité. Elle leur montrait aussi comment faire des saltos arrière, les jambes tendues, comment atterrir sans se blesser et comment bondir sans que l'adversaire se rende compte que vous preniez de l'élan.

Eli était soulagé. Il constatait en effet – avec apaisement – que même s'il n'avait jamais étudié les arts martiaux, il avait un niveau analogue à celui de ses camarades. Son manque d'expérience ne lui portait pas préjudice... sauf peut-être concernant la patience. Il avait du mal à rester tranquille, à ne pas bouger sans cesse. Mais il apprendrait et il progresserait. Chacun avait ses atouts et ses faiblesses.

Après un printemps plutôt frais où les élèves avaient souffert dans le dojo plein de courants d'air, la chaleur revenait enfin. Les cerisiers étaient en fleurs, les oiseaux chantaient, et tous étaient de très bonne humeur.

L'épreuve des ceintures approchait. Le samedi suivant, tous les apprenants du dojo allaient être testés afin de savoir s'ils pourraient monter d'un cran ou s'ils garderaient leur couleur actuelle. Eli et Takashi allaient donc combattre pour la première fois après des semaines d'entraînement. S'ils réussissaient, ils pourraient porter la ceinture jaune.

Si Eli n'avait pas eu de mal avec l'apprentissage des diverses techniques physiques, celui des règles à observer avait été plus difficile pour lui. Le dojo, en plus d'être un lieu de formation aux arts martiaux, était un endroit où se mêlaient méthodes de méditation et enseignement théorique, pour se préparer mentalement, et c'était ce dernier sujet qui lui posait des problèmes. Il n'avait pas l'habitude de se concentrer longtemps. Dans sa cuisine à Tokyo, tout se faisait dans l'action et le stress. Il ne prenait que rarement le temps de se calmer et réfléchir.

Eli avait notamment appris qu'un spécialiste en arts martiaux ne devait jamais adopter une attitude agressive, que c'était un art de défense. Il avait aussi appris qu'il fallait tranquilliser son esprit pour être fort et rapide. « Sois comme l'œil du typhon, leur répétait sans cesse le maître... Ton esprit doit être au calme, au cœur de tes membres déchaînés. »

La veille de l'épreuve, Takashi et Eli n'arrivaient pas à dormir tant ils étaient excités. Il faisait chaud dans les dortoirs, et les deux garçons se retournaient comme des crêpes dans leurs lits. Se faisant face, ils chuchotaient dans l'obscurité, baissant automatiquement la voix quand un surveillant passait près d'eux.

— Tu as peur ? demanda Eli.

— Oui... admit Takashi. J'espère monter dans le groupe des ceintures jaunes.

— Moi aussi, j'ai le trac.

Dans le dortoir, les souffles des garçons assoupis s'élevaient vers le plafond.

— Il faudrait dormir, tu ne crois pas ? Pour être en forme... dit Takashi.

— Tu as raison... Il faut essayer, dit Eli.

Takashi se tut et ferma les yeux. Eli ne tenait plus en place, ses jambes s'agitaient sous le drap. Que devait-il faire pour réussir à s'endormir ? Il n'en avait aucune idée. Au bout d'un moment, constatant que le sommeil ne venait toujours pas et que Takashi s'était mis à ronfler, il se leva pour se rendre dans le réfectoire. Il y pénétra. L'endroit semblait désert. Il s'approcha de la table où se trouvaient les boissons, près des fenêtres. Il y avait un Thermos de thé chaud pour ceux qui avaient soif. Alors qu'il se servait une tasse, il entendit des pas derrière lui.

— Hé bien, on ne dort pas ?

Eli se retourna. Devant lui, en pyjama, se tenait Néa, la fille de maître Fu Li. Il rougit légèrement.

— Je suis trop stressé... dit-il.

— Je comprends. Avant chaque épreuve, cela me fait pareil. Je réfléchis trop, dit-elle.

Eli la regarda. Elle avait des yeux couleur noisette, de longs cheveux et un sourire qui dévoilait ses gencives. Elle était jolie. Eli lui tendit une tasse.

— Merci, Eli.

Le garçon sursauta. Elle connaissait son prénom ? Ils s'assirent tous les deux sur un banc, le temps de finir leurs boissons.

— Ce qui me fait peur, c'est de ne pas réussir à me concentrer.

Les mots étaient sortis tout seuls. Eli ne sut pas pourquoi il avait dit ça. Elle devait vraiment penser qu'il était nul. Pourtant, Néa tourna la tête vers lui avec un air compréhensif.

— C'est le plus difficile, la concentration, dit-elle. Ça m'a pris des années avant d'y arriver. Moi, mon truc, dit-elle... C'est la respiration. J'imagine que ma respiration ressemble à la mer, au flux et au reflux des vagues sur la plage. Ça m'aide à trouver un rythme.

Eli hocha la tête. Quelques instants après, Néa s'éloigna, retournant dans sa chambre. Eli la suivit avant de bifurquer dans l'aire des garçons.

En se recouchant, il repensa aux paroles de Néa. Il se mit à inhaler et exhaler lentement l'air par le nez. Dans le calme du dortoir il y parvint... puis, imaginant sa respiration aller et venir comme des vagues sur le bord d'une plage, il s'endormit.

Au matin, le ciel était clair et il faisait frais. Eli suivit le mouvement. Il était si nerveux qu'il n'arrivait plus à réfléchir et il se surprenait à imiter Takashi, comme un robot.

Lorsque 11 heures sonnèrent, l'ensemble des élèves étaient rassemblés dans le petit jardin faisant face au bâtiment principal. Au centre, on avait monté une estrade temporaire en bois, sur laquelle auraient lieu les divers duels. Takashi, Eli, Yuki, Ari, Daisuke, Akemi et Haruna étaient assis côte à côte. Le représentant des étudiants, un garçon très grand et élancé qui s'appelait Kenzo, s'avança sur le devant de la piste et s'éclaircit la gorge :

— Chères combattantes, chers combattants, dit-il. Nous voilà tous réunis pour l'épreuve des ceintures... Chacun, dans l'ordre, devra se battre. Les duos ont été tirés au sort par maître Tanaka, dans leurs niveaux respectifs. Nous allons commencer par les ceintures blanches, puis nous remonterons progressivement jusqu'aux ceintures noires. Merci aux élèves de l'équipe blanche de venir vers moi.

Eli se leva péniblement, les jambes tremblantes. Takashi lui prit la main et ils s'avancèrent vers l'avant-scène, suivis par leurs camarades. Ils furent accueillis par des acclamations de joie et des sifflements enthousiastes. Kenzo se tourna vers eux.

— Vous avez fait le plus dur en entrant au dojo... et en soi, c'est déjà une belle réussite. Maintenant, je ne peux que vous souhaiter bonne chance !

Les premiers combats commencèrent. Ari dut se mesurer à Haruna. Takashi fit ensuite face à Yuki. Puis on appela Eli.

— Eli affrontera Akemi ! cria Kenzo en tapant des mains.

Takashi, qui s'était bien débrouillé, fit un clin d'œil à son ami. Cela donna un peu de courage à Eli. Il se leva, les oreilles bourdonnantes, et se dirigea vers l'arène, où l'attendait son adversaire. Il était conscient qu'il était possible que tous deux réussissent. Les juges ne s'arrêteraient pas à celui qui gagnerait ou perdrait, mais observeraient la manière de faire face, de mener la bataille. Bien qu'Eli sache que l'issue du combat ne déterminait pas le résultat final, son stress ne cessait de monter.

Le gong retentit et l'affrontement commença. Akemi se positionna sur ses jambes et regarda longuement Eli, plissant ses paupières. Puis, d'un seul coup, elle bondit vers lui. C'était presque comme si elle volait. Eli de son côté s'accroupit, scrutant l'espace autour de lui. Akemi fit une culbute, toussa et, d'un coup, s'élança vers lui, les pieds en avant. Eli plongea sur le côté, parvenant de justesse à l'éviter. La jeune fille roula dans la poussière avant de se relever. Le garçon tourna sur lui-même, puis il sauta en l'air en faisant un salto. Un murmure parcourut la foule. Les deux adversaires allaient et venaient, sans se toucher, s'épuisant peu à peu. Akemi essayait à intervalles réguliers de foncer sur Eli, qui ne cessait de bondir, évitant tous les assauts, comme un chat spécialement habile. Il fallait qu'il attaque, il le savait. Le combat ne pouvait durer à l'infini. Mais il appréciait Akemi, et c'était particulier de devoir lui faire face devant l'école entière. Alors qu'elle venait de retenter une approche, Eli inspira longuement, puis, le cœur battant, plongea dans sa direction. Avec une vitesse stupéfiante, il encercla les jambes d'Akemi. La jeune fille poussa un grand cri qui se répercuta parmi les spectateurs. Elle bascula en arrière, ses fesses et ses épaules touchant terre. Eli l'immobilisa. Puis, la cloche indiquant que l'affrontement était terminé retentit d'un seul coup. Les juges levèrent leurs panneaux. Ils avaient réussi. Tous deux. La ceinture jaune les attendait dès la rentrée suivante.

chapitre 6
La ceinture ultime

Toute la journée, les combats se succédèrent. Entre deux, les élèves allaient et venaient, cherchaient des brochettes à la cantine. L'ambiance était à la fête, malgré la tension. Eli, Takashi, Yuki, Ari, Daisuke, Akemi et Haruna se tenaient bras dessus bras dessous, l'air ravi. Ils avaient tous réussi leur première année et pourraient se retrouver, dès la rentrée, avec à leur taille, la fameuse ceinture jaune. Assis sur les gradins, ils plaisantaient, se passant de grands paniers dans lesquels se trouvaient des racines de lotus croustillantes comme des chips.

Quand 18 heures sonnèrent, tous les élèves se regroupèrent le long des tribunes, fébriles. Le dernier duel de la journée allait commencer.

Néa allait affronter un invité surprise. Personne n'en avait entendu parler. On savait juste qu'il venait de Chine.

Maître Fu Li se positionna au milieu de l'arène, s'éclaircit la voix en toussant plusieurs fois avant de prendre la parole.

— Chers élèves... bravo à tous. Certains vont pouvoir obtenir une nouvelle ceinture dès la rentrée prochaine. Pour d'autres, vous avez appris aujourd'hui une nouvelle leçon – ô combien utile – celle de l'humilité. Il vous faudra peut-être refaire votre année, mais cette répétition ne rime pas avec perte de temps. Elle rime avec fondation et consolidation. Ce que vous assimilerez cette année sera aussi solide que le roc, et vous permettra de progresser pour atteindre le ciel.

En entendant ces mots, un garçon qui sanglotait sur le côté de l'estrade leva la tête. Son voisin lui saisit les épaules et les serra avec gentillesse.

— Nous sommes tous extrêmement fiers de vous, et votre rythme est le rythme idéal qui vous aidera à évoluer. Mais maintenant, nous allons finir la journée avec un combat bien singulier... Néa, ma chère fille, va tenter d'obtenir la ceinture ultime. Merci de lui faire un accueil chaleureux.

Tous se mirent à applaudir et hurler des paroles d'encouragement. Certains avaient préparé des drapeaux qu'ils agitaient dans l'air, tandis qu'un groupe avait fabriqué une immense guirlande ornée de clochettes qui accentuait le vacarme ambiant.

Néa entra en scène. Elle était très concentrée, la tête baissée. Elle se planta sur ses deux pieds et se figea, comme si elle était de marbre.

— Et maintenant, merci de faire un tonnerre d'applaudissements à son adversaire, Jian Lian, un de mes amis de longue date et l'un des meilleurs combattants de toute l'Asie.

Alors que maître Fu Li prononçait ses mots, un homme d'une quarantaine d'années, au crâne rasé, apparut au fond de la cour. Un murmure se fit entendre dans les gradins.

C'était Jian Lian, l'un des moines* shaolin les plus connus au Japon. Originaire de la province du Henan* en Chine, il vivait près de Kyoto depuis deux décennies, où il formait ses jeunes élèves à la pratique du kung-fu* Shaolin. Le torse nu, vêtu d'un pantalon large de couleur ocre, il s'approcha de Néa puis la salua à distance. Il remonta ses mains vers son cœur, ferma son poing droit avant de poser la main gauche juste au-dessus.

— Eli, murmura Takashi à son ami. Il y a plus de sept cents séquences Shaolin. Comment va faire Néa ?

Eli ne répondait pas. Il regardait le moine respirer profondément, sa poitrine se soulevant à un rythme très inhabituel.

— Néa a l'air minuscule à côté de lui, chuchota Daisuke, un peu inquiet.

— C'est la meilleure, répliquèrent Haruna et Yuki... Ça va aller.

Maître Ishihara fit retentir un immense gong en criant : « Et que le combat commence... », ce qui tira Eli de sa rêverie.

À ce moment précis, Jian Lian fonça sur Néa, qui s'accroupit pour éviter l'assaut. Eli retint son souffle. Néa et le moine bougeaient à une vitesse stupéfiante. Au moment où Jian Lian tentait de faire une prise à Néa, celle-ci se baissa avant de tourner ses jambes sur le sol, frappant son adversaire par surprise. Dans les gradins, tout le monde s'était tu. La tension était à son comble. Eli frétillait sur place, les poings serrés devant sa bouche, pendant que Takashi collait ses genoux l'un contre l'autre.

Moins de dix minutes plus tard, Jian Lian recula, paumes ouvertes. Il fronça les sourcils en regardant Néa tourbillonner avant de toucher le sol gracieusement face à lui. Elle ne comprenait pas pourquoi il s'était arrêté en pleine action. Eli, de son côté, était bouche bée. Jamais il n'avait vu quelqu'un s'élancer dans les airs comme la jeune fille. C'était quasiment impossible d'être si rapide. On aurait presque dit qu'elle volait.

Le silence se fit peu à peu et sembla durer une éternité. Jian Lian scrutait le fond des yeux de Néa. Au bout de longues minutes, il ouvrit la bouche.

— Chère Néa... tu as l'agilité, la force et le calme, commença-t-il. Tu es une grande guerrière. Je valide évidemment ta ceinture ultime et je te propose, si tu le souhaites, de me suivre dans une retraite où je t'enseignerai les principes du qi gong et la sagesse de mes ancêtres, ce, afin qu'en plus de tes qualités physiques tu puisses acquérir un peu de mon héritage Shaolin.

Jian Lian lui tendit une ceinture noire un peu plus large que les autres, brodée de fils rouges et dorés. Il la noua autour de sa taille. Un bourdonnement se fit progressivement entendre, avant de se muer en clameurs phénoménales. Tous les étudiants se levèrent d'un seul coup, et certains se ruèrent en avant pour féliciter la jeune prodige.

— Néa a réussi !

Maître Ishihara s'approcha et serra la main des deux adversaires.

— Et maintenant, saluons bien fort Jian Lian, qui a eu la gentillesse de faire face à Néa pour ce combat très spécial, dit-elle solennellement.

Des applaudissements s'élevèrent, et Eli, accompagné de ses amis, se leva pour acclamer comme il se devait leur camarade.

chapitre 7
Une grotte inaccessible

Les jours qui suivirent, les élèves retournèrent les uns après les autres dans leurs familles. C'étaient les vacances d'été, et la chaleur avait posé sa chappe sur les montagnes. Eli et Takashi étaient pourtant toujours au dojo. Yoshi et Kinoko étaient partis en congrès professionnel sur la grande île d'Okinawa* et n'avaient pu emmener leur jeune apprenti, tandis que Takashi n'avait pas le cœur à rentrer dans la capitale. Depuis le décès de sa grand-mère, il n'imaginait pas passer la belle saison seul à Tokyo. Une poignée d'autres élèves, pour des raisons diverses, étaient également restés... et ils s'amusaient, combattaient un peu, se promenaient et profitaient de leur liberté estivale.

Un vendredi soir, alors que le mois de juillet touchait à sa fin, Takashi et Eli, exténués, marchaient en direction de la forêt de bambous.

— J'ai adoré ma semaine, dit Eli.

— Moi aussi. Eh... au fait, tu n'as pas entendu la rumeur ? souffla Takashi en baissant la voix.

— Quelle rumeur ?

— Ils en ont parlé ce matin quand tu prenais ta douche. Néa et Jian Lian ont commencé leur entraînement. Quelqu'un les aurait vus rejoindre la petite grotte qu'on aperçoit depuis le jardin zen, il y a genre dix jours.

Eli écarquilla les yeux en regardant son ami.

— Celle située en haut de la paroi ? Mais comment y sont-ils montés ? Et pourquoi s'y attarder ?

— Apparemment, seuls les meilleurs parviennent à y grimper... et l'isolement dans un lieu naturel aiderait à se concentrer. Jian Lian y aurait même emporté de très vieux parchemins.

— Takashi, je crois que tu sais ce qu'il nous reste à faire, on va devoir aller dans cette caverne et voir ce qu'il s'y passe !

Extrêmement curieux et désireux d'atteindre leur objectif, Eli et Takashi se tournèrent vers l'un des élèves plus âgés, qui demeurait également au dojo pendant les mois de juillet et d'août. Un matin, pendant que Min-Ho coiffait sa chevelure bleu électrique, les deux jeunes amis s'approchèrent de lui :

— Min-Ho, on a une question. Il paraît que Néa serait dans la grotte au-dessus du jardin.

Min-Ho se retourna brusquement vers eux. Son visage avait changé. Il retenait un sourire plein d'espoir.

— Quoi ? Néa ? Vous savez si elle est enfin redescendue ?

— Non, je ne crois pas, répondit Takashi.

— Mais on aimerait bien aller la voir et savoir ce qu'ils font là en haut, continua Eli avec enthousiasme.

À ces mots, Min-Ho éclata d'un rire franc.

— Monter à la grotte ? Mais vous n'y pensez pas ! J'ai essayé des jours et des jours. La paroi est aussi lisse qu'une vitre. Je ne comprends pas comment Néa a bien pu faire pour y accéder.

Min-Ho soupira, en posant son menton sur sa main.

— Je dois vous avouer que je suis très amoureux de Néa. Elle est tellement douée. Elle a des cheveux magnifiques, de superbes yeux, une peau dorée absolument sublime, et un sourire... aaaaah, un sourire !

Eli et Takashi se jetèrent un regard amusé.

Tout le monde était au courant de la passion à sens unique que Min-Ho portait à Néa.

— Oh et puis... continua Min-Ho. En plus de sa beauté, elle a une voix à tomber et c'est une guerrière terrible. Jamais je n'en ai rencontré d'aussi forte, même en Corée, avoua-t-il.

— OK, souffla Takashi. On a compris. C'est mission impossible.

— Oui, impossible, à moins que...

— À moins que quoi ? s'écrièrent Eli et Takashi, en chœur.

— J'ai un plan, dit-il en chuchotant. Venez que je vous l'explique.

La nuit suivante, à dix heures moins cinq, Min-Ho, Takashi et Eli se levèrent de leurs tatamis. Ils avaient gardé leurs vêtements sous leur pyjama et sortirent du dortoir sur la pointe des pieds. Ils traversèrent doucement le parc et s'approchèrent de la paroi en pierre. Celle-ci était aussi lisse qu'une banquise, à l'exception d'un écueil en plein milieu, ressemblant à l'œil d'un poisson-Télescope. Eli et Takashi n'avaient absolument aucune idée de la manière dont ils parviendraient à monter. Min-Ho se pencha vers eux.

— Levez la tête ! Il devrait arriver dans un instant...

En effet, quelques secondes plus tard, un animal

stupéfiant vint tournoyer le long de la paroi puis se posa sur le petit rocher qui dépassait.

— Il vole ici tous les soirs à la même heure. C'est un phœnix nocturne, un oiseau super rare, qui se nourrit des scolopendres grimpant sur la falaise, leur expliqua Min-Ho.

La créature était extraordinaire. Elle avait des plumes dorées remontant sur sa tête. Son ventre et ses ailes étaient pourpres, mais sa queue avait la couleur de l'océan le plus pur. Elle ressemblait à un aigle et mesurait plus de deux mètres de long.

— Maintenant, c'est à nous de jouer, dit-il. Eli, je sais que tu sautes extrêmement haut. Avec ma force et ton agilité, peut-être que...

Min-Ho, d'un geste rapide, installa Takashi sur son dos. Eli, quant à lui, s'accroupit face à eux. Quand il fut prêt, Min-Ho attrapa ses chevilles.

— Un... deux... trois !

Eli prit son élan et bondit, poussé avec énergie par Min-Ho. Les trois amis fendirent l'air. Min-Ho, tenant les pieds d'Eli, s'envola à sa suite, Takashi toujours accroché à ses épaules. D'un geste agile, Eli saisit les pattes du phœnix, qui fit quelques mouvements brusques dans un cri courroucé. Il battit des ailes, s'éleva de quelques mètres, chargé de ce poids inattendu, passa devant l'entrée de la grotte. Eli lâcha prise et les garçons sautèrent à l'intérieur.

— On a réussi ! dirent-ils, victorieux.

— Néa, où es-tu ? murmura Min-Ho, très pressé de la rejoindre.

Takashi regarda autour de lui. La caverne était sombre, quelques stalactites étaient suspendues au plafond. Le clapotement de gouttes d'eau faisait vibrer l'air. Ils tendirent l'oreille, mais un silence de plomb les accueillit. Au fond de la cavité, Jian Lian était assis en tailleur, les yeux fermés. Il était seul. Ses paumes étaient appuyées sur ses genoux. Son corps semblait de marbre.

Min-Ho s'avança et posa une main sur l'épaule de l'homme.

— Maître… Que faites-vous et où est Néa ?

Le moine ne bougea pas pendant plusieurs secondes. Puis, après avoir expiré longuement, il releva ses paupières et fixa les garçons avant de prendre la parole avec une voix très calme.

— Néa a disparu.

— Comment ça ? dit Takashi. Dites-nous tout !

Jian Lian commença à leur raconter ce qui était arrivé. Quelques jours auparavant, l'histoire des malheurs d'un village attaqué par un dragon était parvenue jusqu'aux oreilles de Néa, qui se sentit très rapidement concernée.

— Oh oui, j'en ai entendu parler, l'interrompit Min-Ho.

Le village d'Enoshima se trouvait sur une île recouverte de végétations et de sanctuaires, près de la ville de Fujisawa, au sud de Tokyo.

— C'est un endroit splendide, dit le moine. J'y suis allé il y a quelques années. Il y a des temples anciens, un magnifique jardin, un phare. On peut même y voir le mont Fuji... mais cette île cache aussi un lourd secret... un dragon y réside et terrorise ses habitants.

Jian Lian frissonna en y repensant. Le dragon était terrible. Il avait une gueule énorme aux dents acérées, des picots sur le dos, et une fumée âcre sortait de ses narines. Chaque matin, pour le petit déjeuner, il s'élevait dans le ciel jusqu'aux alentours du village et saisissait au hasard les enfants qui jouaient ou qui se baignaient dans la mer. Il fondait sur eux, s'en emparait et les mangeait immédiatement, recrachant leurs os sur le rivage. Néa, qui était une jeune fille assoiffée de justice, ne put supporter un tel récit.

Pendant la nuit, alors que le maître dormait à poings fermés, elle s'en était allée, prête à en découdre avec ce dragon terrifiant.

Au moment où il s'était réveillé, Jian Lian avait été envahi par une sourde colère. Il avait l'habitude que ses étudiants l'écoutent. Or, Néa s'était laissé porter par ses émotions. Le moine s'était donc recentré sur son qi*, son énergie vitale. Sans réussir à la canaliser, il ne pourrait prendre aucune décision. Il s'était donc mis à méditer jusqu'à l'arrivée des trois garçons.

— D'après les rumeurs, continua Jian Lian, Néa serait arrivée jusqu'à Enoshima. Mais le dragon, sitôt qu'il la vit, serait tombé fou amoureux d'elle et il l'aurait faite prisonnière.

— Ce n'est pas possible ! s'écria Min-Ho.

— Oh que si ! Néa a beau être la meilleure des combattantes, elle n'a rien pu faire. Elle est désormais retenue au fond de la caverne du monstre.

Bien que Min-Ho comprenne le dragon, car il éprouvait lui aussi des sentiments forts à l'égard de la jeune fille, il était mort de jalousie. Cette horrible bête gardait Néa enfermée dans une grotte ? Il fallait absolument faire quelque chose.

— Eli, Takashi, cria-t-il d'une voix autoritaire, rentrez au dortoir et préparez vos affaires. On part demain matin avant l'aube. On va délivrer Néa. Il n'y a pas de temps à perdre.

chapitre 8

Une nuit sous les étoiles

Min-Ho, Takashi et Eli marchaient depuis de longues heures. Ils étaient partis avant que le soleil se lève et là, ils pouvaient apercevoir l'astre doré entamer sa descente vers l'horizon. La température baissait doucement.

À bout de souffle, Takashi se laissa tomber sur le bord de la route.

— Eli, Min-Ho, j'en ai marre. J'ai mal aux pieds et j'ai faim. Vous ne voulez pas faire une pause ?

— Encore ? s'exclama Min-Ho. Ça fait seulement sept heures qu'on marche !

Min-Ho était surexcité. On aurait dit une pile électrique. Depuis qu'ils avaient quitté le dojo, deux jours plus tôt, son énergie ne retombait pas. La première nuit, il avait même convaincu les garçons de dormir un minimum pendant qu'il réfléchissait à l'itinéraire. Il n'avait qu'un seul objectif en tête : retrouver Néa, coûte que coûte, et le plus rapidement possible !

Eli posa son sac à dos aux pieds de Takashi.

— Min-Ho, Takashi a raison. Ça fait sept heures qu'on marche. On a à peine pris le temps de boire à une fontaine aujourd'hui. J'ai faim. J'ai soif, je suis fatigué et j'ai une ampoule qui se forme à l'arrière de mon talon. En plus, il va bientôt faire nuit. On doit trouver un endroit où se reposer.

Min-Ho céda, à contrecœur. Il aurait bien continué tout seul, mais il avait besoin de ses deux camarades. Eli avait une détente incroyable quand il s'agissait de sauter, et Takashi maîtrisait les prises de karaté comme personne. Ils ne seraient pas de trop, à trois, pour terrasser le dragon. Et puis, il fallait aussi admettre qu'il les aimait bien, ces deux-là. Bien sûr, ils faisaient souvent des blagues complètement stupides, mais ils étaient gentils et il adorait discuter avec eux. Il s'assit à leurs côtés, et ils contemplèrent quelques secondes le paysage magnifique qui leur faisait face.

— J'ai faim, ronchonna Eli. On se contente de

noisettes, de fruits et moi, ça ne me va pas. J'ai envie de manger un bon plat chaud. Et puis, dormir dehors, ça ne m'a pas vraiment reposé.

— Il va falloir qu'on toque à des portes, dit Min-Ho. Car je n'imagine pas comment on va faire la cuisine en étant sur la route. Ni comment on trouvera un endroit sec pour passer la nuit.

— Tu as raison, dit Takashi. Regardez là-bas. Derrière le temple, il y a un village. Je vois quelques maisons, on tente le coup ?

Les trois garçons marchèrent rapidement jusqu'au hameau. Il était tout petit, situé à côté d'une forêt et d'une rivière. Toutes les habitations étaient en bois. Leurs toits de chaume touchaient le sol, et de jolies lanternes étaient suspendues devant chaque fenêtre. Une rangée d'escaliers permettait d'accéder au cœur de la bourgade.

Takashi frappa à la première maison. Une délicieuse odeur de soupe flotta jusqu'à leurs narines. Une vieille femme entrouvrit la porte.

— Qui est là ? demanda-t-elle, d'un air suspicieux.

— On s'appelle Takashi, Eli et Min-Ho. On est trois élèves du dojo de maître Fu Li et l'on est en chemin pour aller terrasser le dragon d'Enoshima, dit Takashi d'une traite.

— Les élèves de maître Fu Li ne font pas de démarchage. Ils restent sagement dans leur dojo. Et ce dragon est impossible à vaincre. Ne me racontez pas de mensonges !

Elle claqua la porte avec violence. Les garçons se regardèrent du coin de l'œil, surpris. Bien sûr, leur approche n'était pas commune, mais ce n'était pas la peine de les rabrouer.

— Allez, ne nous décourageons pas. On doit réessayer, dit Min-Ho. Il faut persévérer, comme nous le dit tout le temps maître Fu Li.

Ils toquèrent à la maison située juste à côté, puis à la suivante et encore à la suivante, sans succès. Il semblait que tout le voisinage s'était passé le mot. Personne n'acceptait d'héberger les trois garçons, traités comme des vagabonds ou des bandits de grand chemin. Takashi était accablé. Son estomac commençait à gargouiller et il avait froid.

— Sortons du village, proposa Eli. Il y a peut-être une maison isolée qui sera plus accueillante.

Min-Ho ouvrait la marche. Ils traversèrent les ruelles de la ville, leurs ventres se tordant sous les délicieux fumets qui s'échappaient par les fenêtres. Puis, ils suivirent le chemin qui menait au bord de la rivière. D'un coup, Min-Ho se figea.

— Vous entendez ? demanda-t-il.

Dans l'air du soir, en plus des grillons, une femme chantait. Elle avait une voix magnifique et chaude. Eli, Takashi et Min-Ho marchèrent dans sa direction.

Le long de la rivière se trouvaient deux roulottes reliées l'une à l'autre et précédées par un attelage. L'une d'elles ressemblait à une maisonnette, tandis que la deuxième était constituée d'une scène, protégée par un toit et de grands paravents en bambous. Sur les côtés se tenaient un cabanon rempli de costumes et un arbre en carton. Devant cette étrange caravane, une femme d'environ quarante ans était assise. C'était elle qui chantait de tout son cœur en attisant un feu avec un bâton, pendant que son compagnon, un homme du même âge, au crâne rasé, jouait du ukulélé.

Mais ce qui attira immédiatement l'attention des garçons fut l'immense casserole posée sur les flammes. Ils ne savaient pas ce que c'était, mais ça sentait divinement bon. Les entendant arriver, les deux mystérieux campeurs levèrent les yeux dans leur direction.

— Oh... bonsoir, dit l'homme avec chaleur.

— Bonsoir, murmura Min-Ho avec prudence.

— On s'appelle Takashi, Eli et Min-Ho, dit

Eli qui connaissait son discours par cœur. On est trois élèves du dojo de maître Fu Li et l'on est en chemin pour aller terrasser le dragon d'Enoshima.

— On a faim. On cherche un endroit où manger et où passer la nuit, ajouta Takashi.

La femme se leva. Elle avait des cheveux frisés, qui semblaient voler librement autour de sa tête. Min-Ho pensa immédiatement à la belle chevelure de Néa. Son cœur se serra. Il espérait qu'elle allait bien.

— Venez ! Nous réchauffions justement le repas. Et avec tous nos costumes, on devrait réussir à vous faire un petit nid douillet, dit-elle gentiment.

Les trois amis s'assirent près du feu. Cela faisait du bien.

— Que faites-vous donc ici ? demanda Min-Ho. Vous vivez dans la roulotte ?

— Oui, nous sommes artistes ambulants. Chaque semaine, nous changeons d'endroit, amenant un peu de magie dans les villes et villages que nous visitons. Nous présentons en ce moment un spectacle musical qui s'appelle *Shiawase*, le Bonheur. Mais demain matin, vous aurez peut-être la chance de le voir ? Nous jouons à 10 heures pile et il devrait faire beau.

— Des artistes, cria Eli, en tapant dans les mains.

Il adorait l'art. Lorsqu'il était enfant, il avait envisagé de devenir danseur. Min-Ho aussi semblait émerveillé.

— J'ai toujours rêvé de faire partie d'un groupe de musique. J'aime particulièrement la pop. Quand j'étais petit, j'ai même appris le saxophone, leur dit le jeune Coréen.

— Au fait, je m'appelle Ryo, se présenta l'homme en leur tendant la main. Et voici ma femme, Elemy.

— Enchantés, dirent les trois garçons.

— Eh bien, bon appétit ! répliquèrent Ryo et Elemy. C'est un plaisir de vous avoir avec nous !

Ils commencèrent à manger la soupe que leur avaient servie les deux artistes, un breuvage préparé à partir de racines de lotus, de taro* et d'épices. C'était chaud et délicieux.

La soirée se déroula comme dans un rêve. Entre la chaleur du feu, les chants et la nuit étoilée, Eli ne se rappelait pas s'être jamais autant amusé.

Vers 22 heures, Min-Ho leur expliqua le but de leur mission.

— Vous voyez, Néa, c'est une fille incroyable et si belle. Elle a voulu aller sauver les enfants du village d'Enoshima et le dragon est tombé fou amoureux d'elle. Il la séquestre dans sa grotte. Comme je le comprends ! Néa est une fille tellement extraordinaire.

Le regard de Min-Ho se perdit dans le vague alors qu'il pensait à sa bien-aimée.

— Il n'y a apparemment pas que le dragon qui est amoureux de Néa, dit Elemy, les yeux pleins de malice.

— Non, j'avoue. Cela fait des mois que je l'aime en secret. Je ne sais même pas si elle m'a remarqué.

— Oh, Min-Ho, ne t'en fais pas, lui dit Ryo en lui tapotant le dos. Si tu la sauves, elle se souviendra de toi. Et puis tu verras ce que la vie te réserve, mais ne t'inquiètes pas trop, mon garçon. Tu auras encore beaucoup de belles surprises sur ton chemin.

Elemy prit dans un panier des grappes de raisin qu'elle tendit à Eli, Takashi, Min-Ho et Ryo. Puis elle leur jeta un regard soucieux.

—Vous allez vraiment combattre un dragon à vous trois ? Je sais que vous venez du dojo de maître Fu Li, mais cette bête est terrifiante.

— Oui, continua Ryo. Il vous sera difficile de l'affronter seuls, à moins que...

Ryo et Elemy se tournèrent l'un vers l'autre.

—Tu crois qu'elles seraient d'accord ?

— Elles ont leur caractère, c'est sûr, mais si on leur écrit une lettre pour leur expliquer la situation ?

Les trois garçons ne comprenaient rien.

— De quoi parlez-vous ? demanda Eli, débordant de curiosité.

— On pense à... murmura Elemy.

— Oui, on pense que... continua Ryo.

— Dites-nous ! supplia Takashi.

— ... Vous pourriez aller voir les magiciennes du yin et du yang, dirent-ils d'une seule voix.

À la mention des magiciennes, le silence se fit. Personne n'y avait songé. Les garçons savaient qu'elles existaient, mais jamais ils n'auraient imaginé pouvoir les approcher. Elles étaient dotées d'un pouvoir immense.

— Qui sont donc ces deux magiciennes ? demanda Min-Ho.

Elemy se mit à raconter. Sa voix chaude s'élevait dans l'obscurité, les garçons l'écoutaient, fascinés.

Les magiciennes du yin et du yang étaient des jumelles aux pouvoirs complémentaires. Elles répondaient aux prénoms d'Amaya et d'Aïko. Elles vivaient cachées sur la montagne des Trois Lunes, qui était entourée de rizières. Elles avaient un cœur immense, et, lorsqu'elles associaient leurs pouvoirs, on disait qu'elles pouvaient même contrôler les éléments.

— Nous pouvons vous expliquer comment les trouver, leur dit Ryo. Nous avons monté à plusieurs reprises des spectacles pour elles. Ce sont de grandes amatrices d'art.

— C'est vrai, continua Elemy. Je suis sûre qu'elles vous aideront à sauver Néa. Mais soyez prudents. La montagne des Trois Lunes est pleine d'embûches. Les magiciennes ont posé des pièges tout au long de la route, pour éviter que des esprits malfaisants ne viennent les importuner.

Une heure plus tard, les garçons allèrent se coucher à l'arrière de la roulotte. Ils dormirent comme des bébés, enroulés dans des plumes, des costumes incroyables et des fourrures étincelantes.

Le lendemain, une mélodie très entraînante les réveilla. Elemy et Ryo s'échauffaient pour la représentation.

Après avoir déjeuné, Eli, Takashi et Min-Ho assistèrent à celle-ci. Ryo jouait de la musique et racontait l'histoire, pendant qu'Elemy agitait des marionnettes, qui prenaient vie devant eux. Ils voyagèrent avec elles sur les terres ocre du sud du Japon, suivant les péripéties d'une petite fille nommée Yélé. Ils furent captivés par le spectacle, et le temps passa en un clin d'œil.

Quand le public se mit à applaudir à tout rompre, Min-Ho reprit ses esprits.

— Bon, il va falloir y aller. On prépare nos affaires, on dit au revoir à Elemy et Ryo et l'on file trouver ces fameuses jumelles. Je suis vraiment curieux de voir à quoi elles ressemblent.

chapitre 9

Les magiciennes du yin et du yang

La montagne des Trois Lunes se dressait devant leurs yeux. Pour y accéder, il fallait emprunter un chemin qui zigzaguait entre les rizières en terrasses et les maisons en bois des cultivateurs. Le paysage était majestueux, scintillant de mille feux sous les rayons du soleil. Dans les champs, des paysans labouraient le sol, plantaient des pousses, ne ménageaient pas leurs efforts.

— Ça ressemble à des rubans verts, dit Eli en mettant sa main devant ses yeux.

— Oui. C'est vraiment trop beau !

Sur le flanc de la colline, ils cheminaient sans discontinuer. Ils voulaient arriver au sommet avant la nuit. Ils savaient que les magiciennes du yin et du yang habitaient tout en haut, or la montagne semblait quasiment toucher le ciel. Il faudrait probablement marcher des heures pour la gravir.

—Vous reconnaîtrez rapidement leur maison, leur avait dit Ryo. Les jumelles adorent les animaux, et leur logis est une vraie ménagerie. Il y a des chevaux, des lapins, des petits singes, des chats, des oiseaux, des poissons et j'en passe.

Eli ouvrait donc grands les yeux et les oreilles, à l'affût du moindre bruit, du moindre indice, mais, jusqu'à présent, les seules bêtes qu'il avait aperçues étaient les bœufs qui tiraient les chariots des paysans, ou encore quelques poules et canards qui s'ébattaient entre les sillons.

— Vous croyez qu'elles nous aideront? demanda Takashi.

— Aucune idée, mais le meilleur moyen de le savoir, c'est d'essayer, répondit Min-Ho, à bout de souffle.

— Il faut quand même qu'on soit attentifs, continua Eli. Rappelez-vous ce qu'Elemy et Ryo nous ont dit. La montagne des Trois Lunes est pleine d'embûches. Les magiciennes ont posé des pièges tout au long de la route, pour éviter que des esprits malfaisants ne viennent les importuner.

— Tu as raison !

Eli ne croyait pas si bien dire. Quelques minutes à peine après qu'il eut prononcé ces mots, une nuée de libellules se mit à tourbillonner près de leurs têtes. Très vite, des centaines d'insectes tournoyèrent autour d'eux. Le bourdonnement était assourdissant. Les trois amis ne s'entendaient plus parler. Sans s'en rendre compte, ils furent rapidement déboussolés, ne pouvant plus avancer, ne voyant plus le chemin, puisqu'ils devaient fermer les yeux sous l'attaque de ces mini dragons volants.

Pour une fois, Eli était ennuyé. Il ne pouvait pas mettre en fuite ses assaillantes en faisant des figures acrobatiques. Il ne pouvait pas les distancer en sautant. Elles le suivaient partout. Il devait juste supporter leur présence, et c'était très difficile pour lui.

Tout à coup, au milieu des bruissements d'ailes, une sorte de rumeur se fit entendre. Ce n'était plus un bourdonnement que les libellules faisaient, mais une mélopée qui se formait peu à peu.

— Qui êtes-vous, jeunes voyageurs ?

Ce n'était pas une voix qui s'élevait dans l'air, mais des centaines, celles de tous les insectes volants montant à leurs oreilles. Min-Ho prit alors la main de Takashi et d'Eli et se mit à répondre en chantant, sur la même tonalité que celle des libellules.

«Nous ne sommes que trois amis
Élèves du dojo de maître Fu Li
La fille que j'aime, Néa
Est dans un mauvais pas
C'est le dragon qui l'a enlevée
Et nous voulons la libérer»

À ces mots, les libellules semblèrent s'apaiser. Elles se mirent à voler plus doucement et commencèrent à se poser sur le corps des garçons, sur leurs épaules, leurs têtes, recouvrant leurs cheveux, leur peau de leurs petites ailes.

— Et pourquoi, chers voyageurs, montez-vous vers les magiciennes ? demandèrent les libellules, toujours en chantant.

«Les magiciennes possèdent des pouvoirs
Qu'elles sont les seules à avoir !
L'une maîtrise les forces du vent
Pendant que l'autre maîtrise le temps
Aïko sait parler à la pluie
Amaya contrôle les prairies
Et quand toutes deux sont réunies
Elles sont plus fortes que l'infini !»

Les libellules accrochèrent leurs petites pattes aux vêtements des trois amis.

— Nous aimons la manière dont vous parlez de nos maîtresses, dirent-elles d'une seule voix. Nous allons vous conduire à elles.

D'un coup, les libellules commencèrent à agiter leurs ailes et peu à peu, elles emportèrent les garçons dans les airs. Ils parcoururent des kilomètres. Sous leurs pieds, ils pouvaient apercevoir la vallée en contrebas, les sillons des rizières, les dessins de celles-ci sur les flancs de la colline, les petites maisons des paysans en bois contre la montagne. C'était magnifique.

— Jamais je n'aurais imaginé voler un jour, dit Takashi en tournant la tête vers Eli et Min-Ho. Rappelez-moi de partir à l'aventure plus souvent avec vous !

— Moi non plus, dit Eli. Au fait, Min-Ho, tu es trop fort pour faire des rimes à la minute ! Ça t'est venu comme ça ?

— Oui, dit Min-Ho. Je dois dire que j'aime bien écrire des chansons.

— Ha ha ha, je parie que la plupart d'entre elles ne parlent que de Néa.

Min-Ho rougit.

— Non, pas uniquement. D'ailleurs, je suis en train de composer une chanson sur notre aventure en ce moment. Mais bon, c'est en coréen, vous ne comprendrez pas les paroles.

Soudain, une maisonnette apparut en contrebas. C'était une construction en pierre, bâtie à flanc de montagne. Les murs étaient faits de roches inégales, de gazon et de bois, et des fleurs multicolores poussaient dans les interstices. Au milieu du jardin se dressait un immense cerisier, dont les branches, qui partaient dans tous les sens, étaient chargées de nids d'oiseaux par dizaines.

Les libellules descendirent doucement vers le sol. Eli, en plissant des yeux, vit des lapins et des chats couchés sur la terrasse, profitant du soleil, tandis que de petits singes étaient assis sur le toit. C'était vraiment la maison des merveilles.

La porte était entourée de lierre. Les libellules déposèrent les trois garçons devant, puis s'envolèrent dans une nuée sonore. Eli et Takashi s'époussetèrent. Le contact des insectes les avait chatouillés et ils avaient terriblement envie de se gratter.

Min-Ho toqua, en serrant entre ses doigts la lettre qu'Elemy et Ryo leur avait écrite. Deux petites filles apparurent avant d'arracher la missive des mains du jeune homme. Pendant qu'elles lisaient, Eli, Takashi et Min-Ho les observaient avec stupeur. C'était donc elles, les magiciennes ? Elles semblaient si jeunes. Comment deux fillettes pourraient-elles les aider à combattre un immense dragon ? Amaya releva la tête, l'air mécontent.

—Arrêtez de froncer les sourcils comme ça ! Ne me dites pas que vous êtes de ceux qui jugent sur les apparences ?

— Comment ça ? demanda Min-Ho.

— Là, par exemple, je sais que tu viens de penser qu'on mesure trois pouces de haut, qu'on est fluettes et qu'on ne risque pas de faire peur à un dragon. Ah, et en même temps, tu as imaginé ce que ce serait de passer ta main dans les cheveux de Néa... et ! Arrête d'imaginer Néa, tu me déconcentres !

Min-Ho se mit à rougir.

— C'est vrai. Min-Ho ne pense qu'à Néa, dit Eli. Mais bon, on n'est pas là pour ça.

Amaya se retourna vers lui.

— Quoi ? Toi aussi tu te demandes comment on va faire pour vous aider. Non, mais ça suffit ! Les garçons, ce n'est pas parce qu'on a l'air petites qu'on l'est forcément ! Ouvrez vos yeux !

— Ben, c'est ce qu'on fait, osa dire Takashi.

— Pas ceux qui se trouvent au-dessus de

votre nez, continua Aïko. Vos autres yeux, dit-elle en se frappant le cœur.

Amaya et Aïko se lancèrent un regard en coin.

— On leur fait une démo ?

— OK, sœurette !

À ces mots, Eli, Takashi et Min-Ho sentirent la montagne vibrer sous leurs chaussures. Des centaines de feuilles s'élevèrent d'un seul coup dans les airs. Les oiseaux et les autres animaux se mirent en cercle autour d'eux. Puis, d'un coup, les jumelles projetèrent de la lumière via leurs paumes. Les garçons se retrouvèrent éblouis. Ils ne voyaient plus rien et durent fermer les yeux. Quelques secondes plus tard, en les rouvrant, Takashi poussa un cri.

— Eli, Min-Ho ! On est...

Takashi, Eli et Min-Ho étaient ficelés par de grosses lianes, enrobés dans des feuilles de toutes les couleurs et posés sur le toit de la maison.

— Comment est-on monté jusqu'ici ? demanda Eli.

— Haha, dirent Amaya et Aïko. Vous voyez, il ne fallait pas douter de nous !

— Pourriez-vous nous aider à descendre, s'il vous plaît ? implora Min-Ho.

— Non, mais on n'a pas besoin d'aide, dit Takashi en se redressant.

Ce faisant, ses pieds s'emmêlèrent dans les lianes. Ses genoux flanchèrent. Il tomba puis roula jusqu'au rebord du toit, où les feuilles se prirent dans le chéneau. Il resta suspendu là, comme un vulgaire saucisson.

— Vous n'avez toujours pas besoin d'aide ? dit Aïko en pouffant.

— OK, OK ! Vous avez gagné, dit Takashi. On vous demande pardon. Vous êtes plus puissantes que ce que j'avais imaginé !

Les filles, tout en continuant de rire, agitèrent leurs mains. Sans qu'ils se rendent compte de rien, Eli, Min-Ho et Takashi se retrouvèrent sur le sol.

— Bon. Et si vous nous disiez ce qui vous amène chez nous ? demanda Amaya.

— Et pendant que vous nous racontez tout, je propose qu'on mange des pancakes soufflés, ajouta Aïko, gourmande.

— Oui ! crièrent-ils.

Quelques minutes plus tard, attablés autour d'assiettes recouvertes de friandises et de bols de chocolat chaud, les garçons résumèrent leurs péripéties : l'école de maître Fu Li, le phœnix, Néa qui avait disparu en essayant de sauver du dragon le village d'Enoshima, leur volonté de lui venir en aide, Elemy et Ryo, etc.

— Et l'on a besoin de vous, finit par dire Min-Ho, presque essoufflé par ce long récit. Le dragon est terrifiant et il détient ma bien-aimée !

Amaya se tourna vers Aïko.

— Bon ma sœurette, qu'est ce que tu en penses ?

Aïko réfléchit quelques secondes.

— Mmmh, c'est vrai que notre vie ici est géniale, mais elle est un peu monotone. Je crois qu'on pourrait dire oui.

— Mais, dit Amaya, s'il y a moyen qu'on apprivoise le dragon et qu'il rejoigne notre ménagerie, il est pour nous !

Aïko se mit à taper des mains. Apprivoiser un dragon, quelle bonne idée ! Elle s'imaginait déjà voler sur son dos, au-dessus des rizières.

Les garçons acquiescèrent.

— Allez, c'est donc parti, les amis, dirent les jumelles en chœur. En route pour l'aventure !

chapitre 10

Les méandres de Kamakura

Après avoir dormi deux jours chez les magiciennes du yin et du yang, repris des forces, bien mangé et s'être reposée, la petite équipe se remit en route. Eli ne tenait plus en place. Aïko et Amaya avaient dompté cinq chevaux sauvages et, désormais, ils galopaient gaiement en descendant la montagne, zigzaguant entre les rizières et sautant par-dessus les ruisseaux.

— Ça va bien plus vite à cheval qu'à pied, souffla Takashi.

— Ça, c'est sûr, dit Eli. Mais au fait, comment sait-on quelle direction suivre ?

Amaya leva un doigt vers le ciel.

— C'est facile ! L'île d'Enoshima est à l'ouest de Kamakura. Et Kamakura est au sud-est de Tokyo.

— Vous m'embrouillez, dit Min-Ho. Mais on dirait que vous savez où vous allez !

— Oui, dit Aïko. Nous allons faire une première étape à Kamakura. Il faudra qu'on aille voir un vieux maître qui nous donnera quelque chose pour combattre le dragon. Et puis, on pourra aussi s'arrêter boire un thé au matcha*, j'adore ça !

Quelques heures plus tard, perchés sur les collines de Kotsubo, les enfants découvraient les toits courbés propres à la ville de Kamakura.

— Oh, regarde Amaya, s'écria Aïko. On peut observer le temple de Hasedera, mon préféré !

— Oui, répondit sa sœur. Et à sa droite, il y a le grand Bouddha du temple de Kotoku-in*. Vous le voyez, les garçons ? Il mesure treize mètres de haut, vous ne pouvez pas le rater.

Takashi, Eli et Min-Ho plissèrent les yeux. Ils aperçurent un immense Bouddha en métal, aux mains jointes sur les genoux.

— Oui ! Il est là !

— Eh bien, on file dans cette direction. Notre grand maître, Yuri Zushikoto, vit dans un temple à deux pas. C'est un sanctuaire un peu spécial. On y accède par une grotte.

La petite équipe entra dans la ville. C'était une bourgade magnifique, proche de la mer, située dans la baie de Sagami. Les garçons se sentirent immédiatement apaisés. La cité avait quelque chose de zen et de relaxant.

Sur les bords de la route, des forêts de bambous s'étiraient sur des kilomètres, alors que des maisons traditionnelles étaient construites contre la montagne.

— Vous savez, Kamakura est une ville chargée d'histoire, dit Aïko. Avant, c'était l'ancienne capitale du Japon. Elle a même été aussi importante que Kyoto, pendant un temps.

— Ah bon ? s'exclama Min-Ho.

— Oui, continua Amaya. C'est le clan des samouraïs Hojo qui l'a rendue célèbre ! Et c'est un lieu légendaire pour le bouddhisme. Il y a plein de temples. Maintenant, reprit Aïko, il y a plus de surfeurs et de gens qui font du yoga que de samouraïs. Mais vous savez, la fameuse *Vague** peinte par l'artiste Hokusai, elle est aussi d'ici !

— Waouh ! Mais vous en savez des choses, dit Takashi.

— On est magiciennes, dirent les filles. C'est normal !

Après quelques minutes, ils arrivèrent à l'entrée d'une petite grotte, où ils attachèrent les chevaux.

— C'est le passage pour accéder au temple Zeniarai* Benten. C'est là que vit le maître Yuri Zushikoto.

— Allons-y, dit Eli, impatient.

Le temple en question était un sanctuaire shinto*. Composé de bâtisses en bois, de fontaines, ainsi que d'une caverne creusée dans la roche, il était bien caché. Les garçons et les magiciennes entrèrent dans le tunnel en pierre qui menait aux portes rouges, appelées toriis, et qui débouchait sur une large cour, parsemée de cerisiers et de petites mares. C'était idyllique. Une forte odeur d'encens leur chatouilla le nez.

Plusieurs pèlerins étaient penchés sur une sorte de bassin creusé dans la roche. Ils avaient placé des billets de banque dans un panier en bambou et baignaient leur argent sous une cascade d'eau glacée.

— Ils font quoi ? demanda Min-Ho.

— Ils lavent leurs sous. Le temple est connu pour ça. C'est bizarre, mais il paraît que si vous trempez vos billets, vous pouvez devenir riches.

— Ah bon ? s'exclama Takashi. Dommage, je n'ai pas d'argent sur moi.

Ils rirent tous de bon cœur.

Ils continuèrent leur visite. Alors qu'ils contournaient une maison en bois et en paille, ils entendirent une voix s'élever. C'était une mélodie spéciale, qui semblait sortir du fond du ventre de quelqu'un. Ils s'approchèrent.

Un moine au crâne rasé était assis en tailleur face à un jardin zen et chantait les yeux fermés.

— C'est le maître, chuchota Amaya.

Le moine se retourna et Eli fut surpris. C'était une femme ! Elle avait de petits yeux rieurs, un sourire très doux, et tous ses gestes étaient lents, comme étudiés avec soin.

— Bonjour, mes jeunes amis, que puis-je faire pour vous ?

Les garçons lui expliquèrent leur quête.

— Je vois que vous êtes bien accompagnés, dit maître Yuri en se tournant vers les jumelles.

— Oui, on met toutes les chances de notre côté pour retrouver Néa !

— Eh bien, vous êtes au bon endroit. Je sais exactement ce dont vous avez besoin pour combattre le dragon.

— Des épées, des lances, des nunchakus ? demanda Eli tout excité.

— Eh bien, non. Je suis désolée de te décevoir,

mais le dragon n'est pas vulnérable à ce type d'armes. Ce qu'il vous faudra est plus complexe.

Elle leur tendit une petite feuille avec une liste de choses à aller chercher : ils devraient confectionner une potion.

— Une potion ? demanda Min-Ho. Mais cela suffira-t-il ?

— Oui, si vous l'administrez correctement. Le dragon est cruel parce qu'il a le cœur gelé. Ce sera compliqué de vous approcher de lui, mais si vous y parvenez, vous dégèlerez son cœur et il cessera d'être méchant.

— Et l'on pourra l'adopter, s'écrièrent les magiciennes d'une seule voix.

— Exactement !

Min-Ho prit la feuille que leur tendait le maître. Il fit un petit geste à ses camarades, et ils se regroupèrent pour analyser les ingrédients à trouver :

Une pousse de bambou à peine éclose

La plume d'un maître calligraphe

Des algues séchées

Du sable noir

Et des fleurs de cerisier

— Il y a exactement cinq ingrédients, dit Eli. Répartissons-les entre nous, on gagnera du temps.

— Ça marche, répondirent-ils à l'unisson.

Takashi se rendit dans la forêt la plus proche. Armé d'un petit couteau, il ramassa une pousse de bambou à peine éclose qui grandissait sous un arbre.

Amaya pénétra dans une librairie. L'endroit était poussiéreux, au deuxième étage d'une maison. À l'entrée, elle enleva ses chaussures, car le sol du magasin était recouvert de tatamis. Pieds nus, elle grimpa les escaliers et tomba sur un monsieur grisonnant.

— Vous n'auriez pas la plume d'un maître calligraphe ? demanda-t-elle.

— La plume d'un... ? Mais aucun maître calligraphe n'acceptera de te donner sa plume. C'est très précieux.

Le libraire se replongea dans un gros registre au sein duquel il inscrivait des chiffres. La petite fille serra les poings, essayant de se concentrer. Pouvait-elle essayer d'en localiser un ? Pourtant, aucune image ne lui vint à l'esprit. Elle soupira. Si elle adorait faire des choses seule, à chaque fois qu'elle se retrouvait sans sa sœur, elle n'accédait pas pleinement à tous ses pouvoirs.

Elle se résigna et reprit la parole.

— Je m'excuse de vous déranger à nouveau,

mais connaissez-vous un maître calligraphe à qui je pourrais parler ?

— Oui, il y en a un, deux maisons plus loin. Elle s'appelle Hagiko.

La petite fille suivit les indications du libraire et se rendit dans la demeure en question. Là, une femme était assise dans le jardin. Elle semblait contrariée.

— Ça va, madame ? demanda-t-elle.

Elle leva les yeux. Qui était cette petite fille qui entrait comme ça dans son potager ?

— Je suis un peu embêtée, dit-elle. Miso, mon chat a disparu cette nuit.

— Je peux vous aider à le retrouver, dit-elle. Mais à une condition...

Hagiko la regarda d'un air surpris. L'inconnue était haute comme trois pommes, et avait déjà des conditions. Curieuse, elle la laissa parler et Amaya lui expliqua son plan. Elle retrouverait son chat en échange de sa plume. Comme la calligraphe adorait son animal de compagnie, elle accepta sans trop hésiter.

La fillette sortit de la maison. Elle se dirigea vers la forêt derrière la bâtisse.

— Miso, où es-tu ? cria-t-elle.

Soudain, elle entendit un miaulement dans un arbre.

— Miaou, miaou !

Amaya leva les yeux. Un petit chat était assis sur une branche à plus de deux mètres du sol. Il avait le pelage gris et blanc et il était absolument adorable. Elle regarda aux alentours. Sa sœur n'étant pas là, elle ne pouvait pas faire de magie et se retrouvait complètement démunie. Comment allait-elle l'aider à redescendre ?

C'est alors qu'elle vit un magnifique cerisier avec des tiges qui partaient dans tous les sens. Elle prit son courage à deux mains et se mit à escalader l'arbre. Elle grimpa, posa les pieds sur l'écorce, agrippa les branchages et s'approcha du petit chat qu'elle attrapa et qui se blottit contre son cou. Miso ronronna. Autour d'elle, des centaines de fleurs de cerisier odorantes étaient en train d'éclore. Les pétales tourbillonnaient dans l'air. Amaya se rappela les mots du moine bouddhiste.

« Il nous faut des fleurs de cerisier », se dit-elle.

Elle cueillit deux branches et, pour redescendre, étendit sa cape et se laissa flotter jusqu'au sol.

Quand elle ramena Miso à la femme, celle-ci sourit de toutes ses dents et serra l'animal contre son cœur.

— Miso ! Je ne pensais jamais te revoir.

Après avoir caressé le chat, elle le déposa à ses

pieds. Puis, elle se tourna vers Amaya et très cérémonieusement, lui posa la plume entre les mains.

— Une promesse est une promesse.

Aïko, de son côté, marchait le long de la plage. La mer était magnifique. Elle apercevait au loin des surfeurs qui affrontaient les vagues, des jeunes filles qui riaient et trois petits garçons qui faisaient du cerf-volant. Soudain, elle remarqua un vieil homme qui ramenait quelque chose dans une barque. Ça semblait noir et ça ressemblait un peu à des légumes. Aïko plissa les yeux : c'étaient des algues !

Elle s'approcha du pêcheur, et lui demanda gentiment s'il serait d'accord de lui en donner quelques-unes. Il hocha la tête :

— Tout à fait ! Avec plaisir.

— Et comment puis-je faire pour les sécher ? dit-elle.

— Tu peux les laisser sur la plage et attendre que le vent, ou le soleil, soit suffisamment fort.

Aïko n'était pas patiente. Elle posa donc les algues sur le sable et fit une incantation :

— Astre de feu, souffles et marées, soyez avec moi ! Aidez-moi à assécher ces algues !

D'un seul coup, une légère brise se leva avant de retomber immédiatement.

— Ohlala, sans ma sœur, mes pouvoirs ne valent rien du tout, dit-elle en ronchonnant. Je n'ai pas le choix. Je vais devoir attendre que ça sèche naturellement.

Aïko s'allongea au soleil et en profita pour faire une petite sieste. À son réveil, elle mit les algues dans sa poche et se redirigea vers le temple.

Eli avait emprunté un vélo qui traînait près d'une maison et remontait la montagne en direction du parc naturel.

— Je verrai mieux d'en haut où se trouvent les plages.

Du sommet, il regarda aux alentours et aperçut une petite crique qui semblait très sombre. À toute allure, il redescendit vers la baie. Arrivé vers celle-ci, il prit une poignée de sable noir, mais les grains s'échappèrent dans ses doigts sans qu'il puisse les retenir.

— C'est du sable très fin ! Et je n'ai pas de récipient pour l'y mettre. Comment vais-je faire ?

Il réfléchit quelques instants et eut une idée. Il enleva ses chaussures, retroussa son pantalon et courut dans les vagues : l'eau était fraîche, mais délicieuse. Il fit quelques pas avant d'apercevoir plusieurs coquillages, dont certains en forme de conques reposaient sur le sable. Il se pencha pour en attraper un, en évitant de mettre la tête sous l'eau.

— Cela fera un parfait récipient pour le sable noir !

Il remplit la conque avec les petits grains, sortit de l'eau et enfourcha son vélo d'emprunt pour retrouver les autres aussi vite que possible.

Min-Ho s'était dirigé vers un parc, où se trouvaient des centaines de cerisiers. Il regarda les fleurs en pensant à Néa.

« J'aimerais tellement pouvoir lui rapporter un bouquet, se dit-il, mélancolique. Malheureusement, je ne peux pas porter à la fois des fleurs de cerisier pour le maître bouddhiste et pour Néa, il faut que je choisisse ! »

Le cœur lourd, il cueillit quelques branches tout en sachant qu'il arriverait les mains vides devant la jeune fille.

Lorsque Min-Ho entra dans le temple, Eli, Takashi, Aïko et Amaya étaient déjà là avec leurs ingrédients respectifs. Derrière Amaya se trouvaient trois grandes gerbes toutes roses. Elle aussi avait pensé aux fleurs. Il était ravi, il pourrait offrir les siennes à Néa.

Le maître zen se dirigea vers la fontaine, dans laquelle il versa les éléments ramenés par les enfants. L'eau se mit à bouillir, à changer de couleur. Elle devint violette puis bleue, verte, rouge et se mit à faire des étincelles. Tout à coup, une odeur de fromage envahit l'air.

— Beurk, ça pue, lança Min-Ho en se bouchant le nez.

— La potion est prête ! annonça le maître en riant. Sa particularité est son parfum de roquefort.

Il en remplit une petite fiole et leur dit :

— Cette potion est très importante. Il n'y a qu'elle qui pourra dégeler le cœur du dragon. Faites-en bon usage.

Les cinq amis hochèrent la tête. Ils étaient parés pour libérer Néa.

chapitre 11

Face au dragon

Ce matin-là, Min-Ho se réveilla en premier. Ils avaient campé près du temple, sous des aulnes. L'aube pointait le bout de son nez et le ciel était violet à l'horizon. Il s'étira. Il avait mal dormi.

C'était le grand jour. S'ils parvenaient à combattre le dragon, il pourrait enfin sauver Néa, et peut-être même la serrer contre son cœur.

Il se sentait nerveux et n'arrivait pas à savoir si c'était l'idée de revoir la jeune fille qui lui donnait le trac, ou si c'était de devoir affronter une bête immense, crainte par quasiment tout le monde.

À côté de lui, Takashi ronflait. Min-Ho le regarda et décida d'aller préparer le petit déjeuner.

Alors que le thé chauffait sur le feu, les enfants se levèrent les uns après les autres. Eli, les yeux gonflés de sommeil, vint s'asseoir près du jeune homme.

— Tu es prêt ? lui dit-il en bâillant.

— Tu parles du petit déjeuner ou du dragon ? demanda Min-Ho, tentant de cacher sa nervosité.

Eli rit. Aïko et Amaya, penchées sur la table de fortune, se disputaient déjà pour savoir qui allait manger le dernier bout de brioche.

— Il faudrait peut-être aller réveiller Takashi, dit Eli à Min-Ho.

— Oui, on doit se dépêcher. Ce serait bien d'arriver avant qu'il ne fasse trop chaud.

Quelques minutes plus tard, les cinq amis étaient tous prêts. Une grande journée les attendait. Ils allaient devoir s'approcher de l'île, puis trouver le dragon. Ils ne savaient pas comment cela allait se passer, ni si la créature sentirait leur présence.

Ils se dirigèrent vers la gare. Pour atteindre Enoshima, il fallait en effet prendre un train qui avait la particularité de traverser plusieurs villages. Debout sur le quai, leurs billets en main, ils attendirent avant de monter dans le wagon.

Il y régnait une chaleur étouffante. Amaya et

Aïko, penchées à la fenêtre, observaient les maisonnettes défiler, ainsi que des femmes suspendant du linge dans les jardins.

— Tout semble tellement paisible, dit Aïko les doigts collés sur la vitre.

— Paisible, oui et non, remarqua Takashi. Regardez, il n'y a aucun enfant dehors. La menace du dragon est vraiment présente.

Maintenant que Takashi l'avait souligné, tous le réalisèrent. En effet, aucun jeune de moins de quinze ans ne s'aventurait à l'extérieur. De grands panneaux étaient suspendus un peu partout, avertissant les parents de protéger leurs petits.

Après de longues minutes, le train entra en gare. C'était le terminus. Quelques lycéens en uniforme passèrent près d'eux. Ils avaient l'air inquiet et marchaient vite. Au loin, l'île d'Enoshima était plongée dans la brume. Les cinq camarades reprirent leur souffle. Sans se concerter, ils se donnèrent la main. Puis, ils se mirent en chemin pour traverser le pont qui les mènerait vers le dragon.

L'entrée du village était composée de plusieurs temples. Les cinq amis empruntèrent les escaliers conduisant au premier sanctuaire, avant de bifurquer en direction du Samuel

Cocking Garden, un jardin tropical dans lequel on pouvait observer de nombreuses plantes. Min-Ho gardait dans ses mains les branches de cerisier pour les offrir à Néa... mais, trouvant l'assemblage un peu triste, il se pencha vers un bosquet pour compléter son bouquet.

— Dépêche-toi, Min-Ho, lui dit Takashi. On y est presque...

Eli, de son côté, réfléchissait à toute vitesse. Comment allaient-ils pouvoir s'approcher discrètement du dragon sans que celui-ci les aperçoive ? Il regarda Min-Ho avec ses fleurs sous le bras et remarqua sur la gauche d'immenses feuilles en forme de chapeau. C'étaient des pétasites japonaises, une plante dont les feuilles pouvaient atteindre plus d'un mètre de diamètre.

— Les amis, j'ai une idée, dit-il.

Il saisit un des végétaux et le posa sur son crâne. Il en perça un autre et le passa autour de son cou, en guise de collerette.

— Je suis désolé, Eli, mais on voit que c'est toi, ricana Takashi.

— De face, bien sûr. Mais imagine que tu sois un dragon.

À ces mots, Amaya sauta en l'air et battit des

pieds. Elle se laissa aller contre le vent, qui la poussa juste au-dessus de la tête d'Eli.

— Ha, mais oui ! D'en haut, on dirait une sorte de plante géante. Bien joué ! dit la petite fille en revenant au sol.

Imitant Eli, les quatre autres enfants se vêtirent à leur tour de feuilles. Lentement, ils se dirigèrent ensuite vers la grotte du dragon. Une rangée d'escaliers descendait vers la mer. Plus ils approchaient de la grotte, plus les flots étaient déchaînés. Le ciel sombre tournoyait au-dessus de leurs têtes.

— En position, ordonna Aïko.

Bien campés sur leurs jambes, les cinq amis étaient prêts à mixer agilité, souplesse et intelligence pour vaincre le dragon. Dans un craquement terrible, l'animal sortit de sa caverne.

Dans un premier temps, celui-ci ne s'aperçut pas de leur présence. Mais les enfants levèrent les yeux vers la bête avant de reculer d'effroi. Il mesurait environ six mètres de haut. Au bout de son corps recouvert d'écailles écarlates, sa tête était pourvue d'immenses moustaches qui s'agitaient au vent et ses yeux, cerclés de jaune semblaient jeter des éclairs. Son cou était colossal et ses pattes avaient des griffes acérées.

Eli et Takashi ne purent retenir un cri et le dragon

tourna son regard vers eux. Le combat allait commencer. Min-Ho prit une grande inspiration avant de saisir les mains de ses camarades. Son énergie calma la petite troupe.

— Qui va là ? dit l'animal dans un grondement rauque.

— Nous sommes venus libérer Néa, dit Min-Ho en brandissant son poing.

Le dragon éclata de rire et quelques flammes s'échappèrent de ses naseaux. Amaya haussa la voix.

— Vous pouvez rire, mon cher ! Mais nous allons la délivrer et nous allons vous domestiquer par la même occasion !

La créature s'avança, l'air menaçant. Les enfants se serrèrent les uns contre les autres tandis que son ombre passait au-dessus d'eux. Takashi étouffa un cri.

— Vous croyez vraiment qu'à vous cinq, vous allez réussir à me maîtriser, leur dit le dragon. Néa est à moi !

En entendant ces mots, Min-Ho fit un pas vers l'avant, fou de rage. Dans un élan de solidarité, Eli, Takashi, Aïko et Amaya se mirent en position de combat. D'un seul coup, tous sautèrent, les pieds en avant, prêts à assommer l'animal.

Mais la peau de celui-ci était si épaisse qu'ils se retrouvèrent rapidement sur le sol.

Fixant le ciel, Amaya essaya de l'étourdir avec la force du vent, sans succès.

— Il va falloir qu'on se serre les coudes, dit-elle. C'est un dur à cuire.

Derrière elle, tous bondirent en même temps, heurtant l'animal de plein fouet. Eli et Min-Ho touchèrent l'une des joues de la bête, tandis que Takashi avait atteint l'oreille. Aïko, quant à elle, lui avait brouillé légèrement la vue. Le dragon vacilla, avant de se redresser, fou de colère. Il expulsa du feu dans toutes les directions, enflammant quelques feuilles au passage.

— Attention, s'exclama Eli.

Un cri de douleur retentit sur sa gauche. Min-Ho avait été brûlé à la main. Il se tourna vers son ami, avant d'apercevoir Aïko et Amaya, infatigables, se précipiter vers lui, les bras en l'air. Un jet de lumière rouge l'aveugla. Les jumelles avaient réussi à déstabiliser l'animal, qui poussa un hurlement de colère. Il avait été touché en pleine poitrine et se figea sur place. Les enfants en profitèrent pour se ressaisir et réfléchir un peu.

Eli se concentra, essayant de se souvenir des conseils de Néa. Il fallait respirer. Après avoir pris une grande inspiration, il fit un salto avant et tenta de donner un coup de pied sur la narine encore chaude du dragon. Mais il se brûla le pied et retomba bruyamment au sol.

À ce moment précis, Aïko et Amaya s'empoignèrent les mains pour conjurer les éléments. Les eaux de la mer se mirent à tourbillonner autour d'eux, le vent à les porter, rendant chaque saut plus facile. Les nuages aveuglaient la bête.

Min-Ho posa les fleurs près de lui, avant de prendre Takashi et Eli par les épaules. Ensemble, ils firent un triple salto qui mit K.-O. le dragon pour quelques secondes. Eli bondit sur son cou, puis déroulant une corde, il essaya de l'attacher. Au sol, Amaya et Aïko saluèrent l'exploit avec des cris de joie.

Takashi s'était reculé sur le côté, déracinant des bambous afin d'en faire une cage improvisée.

À califourchon sur la nuque du dragon, Eli se retenait aux oreilles de la bête, tentant de ne pas tomber.

— Ça va, Eli ? clama Min-Ho, perché sur un rocher.

— Oui, je vais essayer de l'immobiliser, mais je ne sais pas si j'arriverai à le maintenir longtemps.

Le cœur battant, Eli plongea en direction des tempes de l'animal, cognant de toutes ses forces.

Sous le choc, la créature se calma, mais elle était de plus en plus difficile à maîtriser. Après quelques secondes, celle-ci se remit à bouger.

Aïko eut une illumination :

— La potion de maître Yuri, c'est maintenant qu'il faut l'administrer ! Elle doit toucher son âme.

Min-Ho réfléchit à toute vitesse. Toucher l'âme du dragon ? Quelle étrange formule !

— Comment touche-t-on l'âme d'un dragon ? cria Eli du haut de sa monture.

— Je ne sais pas, hurla Takashi, qui avait de plus en plus de mal à maintenir les bambous en place.

Soudain, Min-Ho eut une idée. Il sortit la fiole contenant la potion et la lança à Eli qui la rattrapa de justesse.

— Les yeux sont le miroir de l'âme, vociféra-t-il. Si vous voulez apaiser le dragon, il faut lui verser la potion dans les yeux.

La créature commençait à bouger de plus en plus. Eli, agrippé à ses oreilles, était à deux doigts de tomber. Dans sa paume, il serrait le flacon de toutes ses forces. Amaya saisit alors les fleurs que Min-Ho avait posées sur le sol et fit une incantation :

— *Amaliya Fluriiikooo Padiiiim !*

Le bouquet se mit à grossir et à tournoyer. Une salve de pollen s'échappa des corolles, s'envola et frappa le dragon en plein nez. Ses narines frétillèrent et il éternua.

— Accroche-toi, Eli ! cria la petite fille.

Eli passa vers l'avant, mais sa main retint de justesse la longue moustache de la créature. Il l'enroula autour de son poignet. Projeté au-dessus de l'arcade sourcilière de la bête, il s'arcbouta avant de faire un saut périlleux, versant quelques gouttes de la potion dans son œil droit, puis dans son œil gauche.

Un cri de rage monta du fond de la gorge du dragon. Pendant une fraction de seconde, Eli crut qu'il allait tomber. Il serra des mains et des genoux le cou de l'animal, et à nouveau, celui-ci sursauta, comme s'il essayait de le désarçonner. Puis, il se calma. Eli put reprendre une position normale et se décontracter.

— Ça y est ! On a réussi ! s'exclama Amaya joyeusement.

Le dragon s'étendit sur le sol, à bout de forces, en poussant un gémissement.

— On va libérer Néa, cria Min-Ho surexcité.

D'un bond, il s'approcha de la grotte. Eli, quant à lui, totalement étourdi par son rodéo, tomba du dos de la bête et s'évanouit.

Plus tard, il ouvrit les yeux. Il était allongé sur un banc en mousse. Il distinguait, au-dessus de lui, une ombre avec de longs cheveux noirs. Il cligna à nouveau des paupières et découvrit le visage souriant de Néa.

— Bonjour, Eli, dit-elle simplement.

Eli la regarda fixement. Puis il se souvint.

— Néa ? C'est bien toi ?

En se redressant, Eli vit ses amis qui lui faisaient tous face. Ils étaient appuyés contre la vitrine d'un magasin de crème glacée, qui semblait vide. Amaya, Aïko et Takashi s'étaient servis malgré l'absence de vendeur et léchaient d'immenses cônes au chocolat. Min-Ho frottait sa blessure à la main.

— Ça fait combien de temps que je suis là ?

— Oh, deux, trois heures. Min-Ho est venu me sauver. J'étais enfermée dans le nid du dragon, entre trois de ses œufs.

Takashi s'approcha d'Eli tandis que celui-ci se relevait.

— Eli, on a eu peur. On s'est demandé si tu ne t'étais pas fait mal pour de bon en tombant.

— Mais on a réussi, pas vrai ? dit-il en poussant un cri de joie.

Derrière Takashi, Min-Ho avait passé un bras autour l'épaule de Néa. On voyait d'ici qu'il rougissait de plaisir. Le dragon, de son côté, était métamorphosé. Roulé en boule, il léchait ses pattes, comme un petit chat apprivoisé.

Plus tard, les cinq amis, accompagnés de Néa, quittèrent l'île d'Enoshima. Amaya et Aïko avaient pris les œufs du dragon, qu'elles portaient dans leur sac. La bête, à côté d'elles, s'était transformée en une créature douce et affectueuse, et trottinait derrière elles en se frottant contre leurs jambes.

Le village avait été décoré avec des rubans verts, argentés et rouges pour célébrer leur victoire. Un immense buffet les attendait. Quand la petite troupe arriva sur la place centrale, un tonnerre d'applaudissements et d'acclamations retentit. La foule était en liesse. Plein d'enfants couraient dans les rues en chantant de bonheur.

Devant la mairie, une scène avait été montée, et Elemy et Ryo y jouaient un air endiablé, qui faisait danser tous les villageois. Sur le côté, Yoshi et Kinoko regardaient Eli s'approcher d'eux. Il avait tellement grandi !

Ce fut la plus belle soirée qu'ils partagèrent. Entre la musique, la nourriture, la fête et ses amis, Eli sentait son cœur fondre de joie. Il garderait à jamais le souvenir de ces précieux instants.

— Demain, il va falloir que l'on rentre au dojo, dit-il.

Amaya et Aïko sautèrent dans ses bras. Néa, Min-Ho et Takashi se joignirent à la mêlée.

— Lors des prochaines vacances, venez chez nous, dirent les petites magiciennes. On a de la place dans notre maison et l'on pourra faire des tours de dragon ensemble, au-dessus des montagnes !

— Oh oui, s'écrièrent-ils tous. On va compter les jours d'ici là !

Épilogue

Quelques mois plus tard

Takashi poussa Eli du coude.

— Tu as terminé ton sac ? On va bientôt partir.

— Oui, oui. Et Min-Ho et Néa, où en sont-ils ?

Ils passèrent le nez hors de leur chambre.

— Encoooooore, cria Eli.

Min-Ho était en train d'embrasser Néa sur le parvis du dojo.

— Ah non, si vous vous embrassez tout le temps, on ne vous emmène pas. Vous êtes fatigants, tous les deux !

— OK, OK, dit Néa en riant. Mais nos valises sont pleines, on peut y aller.

Devant le dojo, la roulotte d'Elemy et Ryo les attendait.

— Vous êtes prêts, les enfants ? On monte

voir les jumelles, leur dragon domestique et leurs milliers d'animaux ?

— En plus, j'ai préparé un délicieux gâteau pour la route, dit Elemy.

— Oh, c'est le plus beau jour de ma vie ! cria Eli.

La roulotte se mit en branle doucement, dans le soleil levant. Ils étaient prêts pour de longues vacances tous ensemble... et très certainement, pour de nouvelles aventures !

Pour en savoir plus
La véritable histoire du dragon d'Enoshima

La légende du dragon d'Enoshima remonte à longtemps. Écrite en chinois par le moine bouddhiste japonais Kōkei en 1047 apr. J.-C., elle raconte les malheurs des habitants d'Enoshima, tourmentés pendant un millier d'années par un dragon destructeur à cinq têtes (*Gozuryu* : 五頭竜), qui habitait dans une grotte.

Chaque jour, la bête attrapait les enfants qui se baignaient ou jouaient près de l'eau, avant de les dévorer. C'était une période terrible et les villageois souffraient.

Un jour, se rendant compte de ce qui se tramait, la déesse Benzaiten, une divinité bouddhiste japonaise et hindoue, décida d'aider la population. Alors qu'elle arrivait vers la grotte, la déesse fit surgir l'île d'Enoshima, et se percha dessus pour regarder le dragon face à face.

Sitôt qu'il la vit, le dragon tomba fou amoureux de la déesse et la demanda en mariage. Benzaiten rejeta sa proposition et lui fit comprendre qu'il avait mal agi en tourmentant les villageois.

Honteux, le dragon promit de cesser d'ennuyer la population si elle disait oui. Ils se marièrent et vécurent longtemps sur l'île.

Les lieux visités par les enfants pendant leur périple

TOKYO — Tokyo est la capitale du Japon. C'est la ville la plus peuplée de ce pays, avec plus de 13 millions d'habitants. Très connue pour ses quartiers emblématiques, ses gratte-ciel et ses écrans, c'est une ville charmante et pleine de choses à voir, comme la tour Tokyo Skytree, de nombreux sanctuaires et temples bouddhistes, des parcs, des musées...

KAMAKURA – Kamakura est une petite ville qui se trouve à 50 km de Tokyo. Célèbre pour son histoire, Kamakura fut la capitale du Japon, jusqu'en 1333. Aujourd'hui, si Kamakura n'est plus une capitale, elle a de nombreux attraits, dont une jolie plage et de nombreux bâtiments historiques. Le plus connu est le grand Bouddha Amitabha, une statue en bronze, datant de 1252, qui mesure près de treize mètres de haut. Les visiteurs peuvent d'ailleurs monter à l'intérieur de la statue et même se promener dans sa tête, comme la statue de la Liberté à New York !

ENOSHIMA – Enoshima est une petite île faisant 4 km de circonférence, qui se situe à 45 minutes de train de Kamakura. Très appréciée des touristes, elle est accessible par un grand pont qui permet d'atteindre la ville de Fujisawa. On peut s'y rendre pour visiter ses temples, son jardin botanique et la grotte du Dragon, dans laquelle on peut pénétrer.

Les autres endroits sont des lieux imaginaires que l'auteur a créés en s'inspirant de ses divers voyages.

Lexique

Aïki-jujitsu : art martial d'origine japonaise.
Akihabara et Asakusa : deux quartiers emblématiques de Tokyo.
Bouddhisme : religion asiatique se basant sur les enseignements du Bouddha Siddhârta Gaudama.
Bushido : code moral que les guerriers japonais, et notamment les samouraïs, se doivent de respecter et de suivre.
Combava : petit citron vert à la peau granuleuse et très parfumée.
Dojo : lieu où on pratique les arts martiaux.
Edamame : fève de soja, cuite à l'eau bouillante et servie dans sa cosse avec du sel, souvent consommée au Japon à l'apéritif.
Fukagawa Enma : temple tokyoïte fondé en 1629.
Futon : matelas japonais plat.
Geisha : chanteuse et danseuse japonaise, dont on loue les services pour certaines réunions. Elle divertit les hommes par sa conversation, sa musique et sa danse.
Gyaku zuki : en karaté, coup de poing arrière, donné par le poing opposé à la jambe située vers l'avant.
Henan : l'une des 23 provinces de Chine, au centre-est de ce pays.
Izakaya : bar-restaurant convivial, typiquement japonais.
Jardin zen : appelé aussi jardin japonais, il se compose de rochers, mousses, graviers et invite à la médiation.

Karaage : boulettes de poulet japonaises.
Katana : sabre japonais de plus de 60 cm de long, à la lame courbe.
Kotoku-In : temple situé à Kamakura, réputé pour son immense Bouddha en bronze.
K-pop : genre musical venant de Corée du Sud.
Kung-Fu Shaolin : art martial chinois traditionnel.
Kushikatsu : brochette de viande de bœuf panée.
Maki : rouleau de riz vinaigré enroulé dans une algue séchée et farci de poisson cru (ou autre garniture).
Masahiro : marque japonaise de couteaux de cuisine.
Matcha : poudre très fine de thé vert moulu.
Min-hokkyon : art martial traditionnel coréen.
Moine shaolin : moine pratiquant le kung-fu.
Nori : terme désignant différentes algues comestibles.
Okinawa : île principale de l'archipel d'Okinawa, situé au sud des grandes îles du Japon.
O-tsukimi : fête de la mi-automne.
Pliométrie : ensemble d'exercices de musculation.
Qi : ce mot, qui signifie force vitale, représente l'énergie que les pratiquants en arts martiaux tentent de renforcer et développer.
Saké : alcool japonais à base de riz.
Samouraï : guerrier japonais au service d'un grand seigneur.
Sashimi : tranche de poisson frais consommée crue.
Scott Adkins, Bruce Lee, Robert Wall : stars de cinéma faisant également des arts martiaux
Shinto : le shinto ou shintoïsme est la plus vieille religion du Japon.
Soupe miso : soupe faite à partir d'une pâte de soja très

salée, de bouillon et de tofu. C'est un des plats de base de la cuisine japonaise.

Sushi : lamelle de poisson cru (ou autre garniture) posée sur un bloc de riz vinaigré.

Taro : légume racine qui a un goût proche de la patate douce ou de la châtaigne.

Tatami : natte rembourrée, faite de paille de riz, qui sert de revêtement de sol traditionnel au Japon.

Tempura : plat de friture japonais.

Teppanyaki : type de cuisson japonaise qui utilise une plaque chauffante pour cuire les aliments, un peu comme une plancha.

Tofu : aliment obtenu en caillant le lait de soja, aussi appelé fromage de soja.

Tsugi ashi : en karaté, sorte de pas chassé qui permet de s'approcher ou s'éloigner de son adversaire.

Udon : pâtes à base de farine de blé tendre, très larges et à consistance molle et élastique.

Vague de Kanagawa (Grande) : estampe japonaise réalisée par le peintre Hokusai en 1830, plus connue sous le titre de *La Vague*.

Wasabi : plante originaire du Japon, dont la tige, sous forme de pâte piquante est utilisée comme condiment.

Yakitori : brochette de poulet.

Zeniarai Benten : sanctuaire shinto dans la ville de Kamakura.

Dans la même collection

Véronique Delamarre Bellégo

Banzaï Sakura

Sakura Yamanakako, une Japonaise de 11 ans, arrive en milieu d'année dans la classe de Joséphine, dite Jo, et de Fabio le caïd. Si Jo devient vite sa meilleure amie, Fabio accueille chaque matin la nouvelle venue avec des surnoms aussi bêtes que racistes. Sakura ne bronche pas, jusqu'au jour où le garçon la traite de « sexy sushi ». C'en est trop... la guerre est déclarée ! Fabio le macho va découvrir un peu tard qu'on ne s'en prend pas impunément à l'héritière des samouraïs.

Véronique Delamarre Bellégo

Banzaï au pays des mangas

En route pour le pays du Soleil levant! Heureux finalistes d'un concours de manga, Sakura, Jo et Fabio sont invités à passer une semaine à Tokyo à la saison des cerisiers en fleur. Ce voyage leur réserve bien des surprises. Entre traditions japonaises et culture manga, sauront-ils trouver l'inspiration pour remporter la finale?

Mission en Sibérie

Élisabeth Rivoire

Lorsque Lapérouse prépare son expédition pour faire le tour du monde, il prend à son bord le jeune Barthélemy de Lesseps. Arrivé en Sibérie, ce dernier a pour mission de rapporter une malle contenant les cartes, les lettres, les croquis collectés lors de son périple à Louis XVI à Versailles, soit à presque 12 000 kilomètres du Kamtchatka ! Barthélemy va devoir lutter contre les dangers les plus incroyables dans ce froid sibérien. Il mettra plus d'un an pour relever ce défi dont il consigne chaque étape, chaque rencontre, chaque émotion dans son journal de bord. L'histoire vraie de Barthélemy de Lesseps, seul survivant de l'expédition Lapérouse.

Jean-Charles Berthier
La fille de l'arrêt de bus
Un soir, au pied d'un bus qui redémarre, une petite clé tombe de la poche d'une jolie brune, et la vie de Jerry s'en trouve bouleversé. L'inconnue est déjà loin, mais elle a touché le collégien au coeur, et c'est autant par désir de la revoir que pour lui rendre la clé qu'il laisse à l'arrêt un mot avec son adresse. Seulement, quelques jours plus tard, ce n'est pas la jolie brune qui se présente devant sa porte, mais deux hommes inquiétants, aux allures de mafieux... Jerry panique et prend la fuite, échappant de peu à ses poursuivants ...

Mireille Disdero
La fille qui ne voulait pas d'un prince charmant
Nina vit à Bangkok, entre deux méandres du Chao Phraya, entre deux cultures, aussi : fille de diplomate, elle va au lycée français, mais est élevée par Sirivan, sa tante thaï, dans une modeste maison sur pilotis. Son père est mort il y à dix ans dans un incendie, et elle fait des repassages pour assurer le standing. L'univers de Nina explose en morceaux lorsqu'elle apprend que sa mère qu'elle croyait morte aussi, est vivante, et veille sur elle de loin. Pourquoi un tel mensonge, une telle trahison ? Coachée par Alex, son ami intime, Nina part à la découverte de sa mère et de son mystère...

Publié par Oskar éditeur
67 rue Saint-Jacques
75005 Paris- France
Tél. : +33 (0)782589596
E-mail : oskar@oskareditions.com
Auteur : Karine Yoakim-Pasquier
Graphisme : Florence Boudet
Correcteur : Philippe Garnier
Direction éditoriale : Françoise Hessel

ISBN : 9791021407701
Dépôt légal : avril 2022
Imprimé en Europe
Loi n° 49-956 du 16 juillet 1949
sur les publications destinées à la jeunesse